KB132402

홍보만보록

흥보만보록

최초의 흥부전

김동욱 옮김

문학동네

• 이 책의 출판은 2017년 서울대학교 인문대학 인문학 총서 출간 지원사업의
지원을 받았음.

흥보만보록

흥보만보록 깊이 읽기

원본 흥보만보록

해설

『흥보만보록』의 형태

필사 시기

『흥보만보록』의 특징

『흥보만보록』의 의의

추천사

  인생을 살아가면서 사람은 두 번, 세 번 다시 태어납니다. 어머니 뱃속에서 한 번 태어나고 결혼을 하거나 부모님이 돌아가신 다음에도 다시 태어나며 어떤 정신적이거나 영적인 계기로 다시 태어나기도 합니다. 육체적 탄생, 사회적 탄생 외에 영적인 탄생이 있는 것입니다. 지독한 가난에서 벗어나려는 흥부의 꿈을 그린 『흥부전』은 현세의 경제적 질곡을 넘어선 새로운 탄생을 그리고 있으며, 이는 조선 후기는 물론이고 대부분 현대인의 꿈이기도 합니다. 이런 이유로 『흥부전』은 시대를 넘어서 공감을 얻었습니다.

  보통의 『흥부전』은 부모님이 돌아가시고 놀부가 유산을 독차지하는 데서 문제가 시작되지만, 『흥보만보록』은 가난하던 형제가 부잣집 데릴사위로 들어가 잘사는데 흥보는 부모의 가난을 보다못해 부모를 모시면서 문제가 시작됩니다. 자기희생의 자발적 가난에서 벗어나지 못한 흥보에게 인생 역전은 절실히 요구되었고 독자들은 효자인 흥보가 잘살기를 응원합니다. 『흥부전』이든 『흥보만보록』이든 형제의 우애를 넘어서서 인간 삶의 가장 중요한 부분이라 할 수 있는 경제 문제를 다루고 있습니다.

한국 고전문학 중에 경제 문제를 『흥부전』처럼 직접적으로 다룬 작품은 그리 많지 않습니다. 그런 점에서 『흥부전』은 매우 소중한 작품입니다. 이번에 새로 찾아 소개하는 『흥보만보록』은 중요한 작품의 이본으로서 가장 오래된 『흥부전』이라는 점에서 높은 가치를 지니고 있습니다. 이 자료는 연세대학교 명예교수이신 송준호 선생께서 내게 연락하여 알려주신 자료로 거유인 송시열 후손가에 가전되던 것입니다. 이 자료를 우리 학계의 빛나는 보석과 같은 학자인 김동욱 교수가 번역하고 해설을 붙이게 된 것을 무척 다행스럽게 여깁니다. 이제 김교수의 작업 결과를 보니 만족스러울 뿐만 아니라 비록 작은 책이지만 한국의 핵심 고전인 『흥부전』을 연구하고 교육하는 데 꼭 필요한 책이 될 것을 확신하게 됩니다. 이 책이 연구와 교육에 널리 활용되기 바랍니다.

정병설 서울대학교 국어국문학과 교수

흥보만보록

평양 서촌의 데릴사위 형제

평양 서촌에 한 가난한 백성이 있으니 이름은 장천이라. 일찍이 두 아들을 낳으니 맏이는 놀보요 둘째는 흥보였다. 이들은 얼굴 생김새가 비상해 보통 아이들과 달랐는데, 자라날수록 놀보는 매사에 동생 흥보만 같지 못했다.

장천은 점점 더 가난해져 아침저녁으로 끼니를 잇지 못했다. 처는 방아품을 팔고 놀보 형제는 나무를 팔아 연명했으나 그래도 끼니를 이을 수 없었다. 부부가 두 아들을 부잣집에 데릴사위로 주고 자기들은 해진 옷을 입은 채로 죽을 지경에 이르니, 흥보는 차마 처가에 있지 못하고 부인을 데려와 어버이를 봉양했다. 놀보는 처가에 있은 지 일 년이 넘도록 어버이를 찾지 않고 흥보를 가소롭게 여겼다.

밥을 많이 먹어 집안이 기울다

　흥보는 처가의 재물을 얻어 어버이를 봉양했다. 그렇지만 장천 부부는 먹는 양이 워낙 많아 하루 한 말의 밥으로도 부족하니, 가산을 저절로 탕진했다. 흥보 아내는 방아품을 팔고 흥보는 나무를 베어다 강가 마을에 팔아 생계를 꾸렸으나, 그래도 끼니를 잇지 못했다.

　장천 부부는 굶주리다 못해 놀보 집으로 갔다. 놀보 부부는 부모를 박대하고 마을로 가버리거나, 버르장머리 없는 말을 무수히 하고 물 한 숟가락도 주지 않았다. 장천 부부가 매양 울고 돌아와 서러워하니, 흥보는 견딜 수 없이 마음이 안타까워 놀보 집으로 가

일을 할 테니 품값을 달라고 했다. 그랬더니 놀보는 안색을 바꾸며 아무것도 주지 않고 이렇게 말했다.

"우리가 생계를 유지하며 아침저녁 밥이 끊어지지 않는 것은 부모님이 준 것도 동생 네가 주어서 생긴 것도 아니다. 처부모님 덕분에 두터운 은혜를 입어 재산과 논밭을 풍족하게 두고 먹는데, 부모님은 무슨 낯으로 내 것을 달라 하며 너는 무슨 염치로 나를 보채느냐?"

그러면서 무수히 꾸짖었다. 홍보는 서러워하며 돌아와, 강촌에 나무를 팔며 어버이를 봉양했다.

춘삼월이 되어 홍보가 나무를 지고 오는데, 길가에 제비 한 마리가 발목이 부러져 몸을 움직이지 못하고 있었다. 홍보는 불쌍히 여겨 데려다가 조기 껍데기로 상한 발목을 싸매주었다. 그리고 온갖 것을 잡아 먹이며 가련히 여겨 돌봐주었다. 오래지 않아 제비는 발목이 나아서 날아다니더니, 새끼를 키워 떠나갔다.

금은보화가 나온 흥보의 박

이듬해 봄, 흥보는 나무를 베어다 팔고 돌아와 배고픔을 견디지 못하고 흙바닥에 누워 있었다. 제비가 요란하게 지저귀길래 이상하게 여겨 눈을 떠보니, 제비가 박씨 하나를 물어다 주는 것이었다. 봤더니 박씨에 '보은표報恩瓢, 은혜를 갚는 박'라고 쓰여 있었다. 괴이하다 생각하고 씨를 심으니, 과연 싹이 나고 줄기가 무성하게 자라 크기가 큰 독같이 큰 박 열두 통이 열었다.

흥보는 신기해하며 팔월 초순에 박을 따놓고 아내와 함께 앉아 박을 탔다. 첫째 통을 뻐개니 은이 수만 냥 들어 있었다. 크게 놀라 또 둘째 통을 타니 황금이 수만 냥 들어 있었다. 셋째 통을 타니 백금이 수만 냥이요, 넷째 통을 타니 돈이 수만 냥 들어 있었다. 다섯째 통을 타니 박이 막 뻐개지며 천지가 아득해 지척을 분간하지 못할 정도였다. 그러더니 이윽고 날씨가 맑아지며 큰 기와집 여든아홉 칸이 나타났는데, 현판에 '흥보의 집'이라고 크게 써 있었다. 흥보 부부는 놀라 기뻐하며 대청마루 높이 앉아 여섯째 통을 타니 백옥 그릇이 무수히 들어 있고, 일곱째 통을 타니 놋쇠 그릇과 은반상이 가득 들어 있고, 여덟째 통을 타니 명주와 비단이 가득 들어 있고, 아홉째 통을 타니 무명과 모시베가 가득 들어 있고, 열째 통을 타니 계집종 스무 명이 내달아 마루 아래 엎드려 말했다.

"소인들 현신하나이다."

흥보가 더욱 괴이하다 생각하며 열한번째 박을 타니 사내종 열다섯 명이 내달아 마당에 엎드렸다. 더욱 신기해하며 마지막 통을 마저 타니, 박 속에서 고운 계집 하나가 내달아 다홍치마에 초록저고리를 입고 절하며 말했다.

"나는 서방님 첩이오니, 아기씨께 뵈나이다."

흥보 부인 심씨가 크게 화를 내며 돌아앉아 말했다.

"첩은 어인 첩인고?"

홍보가 웃으며 말했다.

"재물이 많으니 부인과 첩을 갖춰둠이 아니 좋소?"

그러고는 부인을 거듭 달랬다.

안방 세 칸에는 아내가 들고, 큰방 두 칸에는 홍보의 어미가 들고, 작은사랑채 뒷방에는 첩이 들었다. 큰사랑방에는 홍보 아비가 들고, 중간사랑방에는 홍보가 들고 작은사랑 초당에는 네 아들을 두었다. 아이종 열 놈과 어른 종 넷이 아내 방에 시중들고, 아이종 다섯이 어미 방에 시중들고, 첩에게 하나를 주었다. 논 천 석지기를 사고 밭 오백 섬지기를 사니 그 부귀함이 부자로 유명한 석숭石崇 같아, 보는 이마다 침이 마르더라.

놀보의 악행

　놀보는 일 년 내내 어버이 한번 찾는 일 없이 처부모 봉양만 극진히 하더니, 흥보의 소문을 듣고 크게 놀라 진짜인지 알아보려고 왔다. 일가 손님이 마을에 가득한데 난간 단청과 삼층 계단, 연못과 연꽃 구경하는 정자가 다 처음 보는 것이었다. 놀랍고 부끄러웠으나 겨우 마음을 진정하고 열두 대문으로 들어가 어머니 방을 찾아갔다.

　마침 흥보가 부모를 모시고 네 아들과 처첩을 거느린 채 아침을 먹고 있었다. 별 같은 놋반상과 달 같은 은반상에 갖추지 않은 음식이 없었다. 놀보가 크게 놀라 물었다.

"너 저것이 어인 일이냐?"

홍보가 웃으며 말했다.

"형님은 놀라지 말고 이 음식을 드시오."

그러고는 놀보의 손을 이끌어 앉혔다. 놀보는 옛날을 생각하니 무안하고 부끄러웠으나 겨우 참고 음식을 먹었다. 그리고 어떻게 부자가 되었는지 물으니 홍보가 자초지종을 자세히 알려주었다. 놀보가 듣고 크게 기뻐하며 말했다.

"나도 그리해야겠다."

그러고는 돌아와서 이듬해 봄 정월부터 강남 쪽을 바라보고 서 있었다. 기러기와 까마귀, 까치가 날아가는 모습을 보고 "제비님이 오신다!" 하며 가만히 기다렸는데 가까이 와서 자세히 보면 까마귀, 까치였다. 이렇게 한 지 두 달이나 지난 후 삼월삼짇날 제비 한 쌍이 날아왔다.

놀보는 올무를 놓아 제비 하나를 잡아 무릎에 대고 발목을 우지끈 분지른 다음, 조기 껍질을 대고 온갖 비단을 겹겹이 대어 싸맸다. 그리고 바람벽에 흙을 닭 둥지만큼 크게 붙여 집을 지어주고 온갖 고기를 다 먹이고 가련히 여겨 돌보니, 제비가 석 달 만에 발목이 나아 날아가는지라. 놀보는 날마다 제비가 박씨 물어오기를 기다렸다.

　이듬해 오월 단옷날 제비가 와서 지저귀기에 놀보가 반갑게 달려나가니 박씨 하나를 물어다 주었다. '보수표報讐瓢, 원수를 갚는 박'라고 써 있는 것을 급히 받아 엉겁결에 '갚을 보報'자만 보고 심었다. 부인이 말했다.

　"오월에 박을 심어 무엇해요?"

　놀보가 웃으며 말했다.

　"보은표를 얻었는데 보기만 하고 묵히겠소?"

　심은 지 삼 일 만에 박이 나 너른 밭에 줄기 가득 열두 통이 열렸다. 크기가 큼지막해 큰 독 같으니, 놀보가 들락날락하며 중얼거렸다.

　"저 통에도 보물이 들어 있고 이 통에도 보물이 들었으니 복도 많구나. 세상에 나같이 운 좋은 사람이 또 어디 있으랴?"

　그러고는,

　"저 박 속에 든 보물을 다 내어 쌓으려면 집 대여섯 칸을 더 지어야겠다."

　하고 집 재목을 사기 시작했다. 마침 나무 값이 몹시 비싸 이백 냥에 나무를 사고, 삯꾼을 데려다 열흘 만에 공사를 마치니 품삯 백 냥까지 모두 삼백 냥이

들었다. 놀보가 부인에게 술 열 말만 하라고 하니 부인이 말했다.

"술을 그리 많이 하여 무엇해요?"

그러나 놀보가 우겨서 떡 한 섬 하고 수십 냥짜리 소 두 마리를 잡고 박을 다 따놓으니 여섯 칸 대청과 너른 마당에 그득했다. 놀보가 몹시 기뻐 오르락내리락하며 말했다.

"이 통에도 보물이 가득하고 저 통에도 보물이 가득하니 복도 많구나. 어서 탑시다."

그러자 부인이 웃으며 말했다.

"술과 고기를 좀 덜어먹고 박을 타는 게 어때요?"

놀보가 웃으며 말했다.

"저 박에 든 보물을 생각하면 속이 든든하니 어찌 미리 주육을 먹겠소?"

떡 다섯 시루를 좌우로 쪄놓고, 닷 냥 주고 큰 톱을 사고 석 냥 주고 작은 톱을 사고, 부부가 앉아서 박을 타는데 부인이 말했다.

"부질없이 재물을 허비하네요."

놀보가 웃으며 말했다.

"저 박에 보물이 몇 만금 들어 있는지 모르거늘 어찌 조심하지 않을 수 있겠소? 어서 박이나 탑시다."

박에서 나온 옛 상전에게
신공을 바치다

놀보가 어기영차 소리를 지르며 톱질하기를 마치고 박을 뻐개니, 한 양반이 해진 갓을 쓰고 거친 옷을 입고 내달으며 눈을 부릅뜨고 말했다.

"네 어찌 상전을 보고 절을 하지 않느냐?"

놀보가 크게 놀라 급히 절하며 말했다.

"소인은 본디 양민이라 상전이 없나이다."

박에서 나온 양반이 화를 내며 큰 소리로 말했다.

"네 할미 때부터 우리집 종이었는데 신공身貢, 노비가 상전에게 매년 바치던 물건을 일절 바치지 않았으니, 네가 바치지 않으면 내 평양 서윤庶尹, 평안도 관찰사를 보좌하던 벼슬아치 을 만나 너를 죽이고 내 집에 불을 놓아 논밭 문서를

다 가져가겠다."

놀보가 크게 놀라 땅에 엎드려 말했다.

"바치는 물품은 처분대로 할 것이니 먼저 술과 고기를 잡수소서."

그리고 소 한 마리 삶은 것과 떡 한 시루, 청주 네 놋동이를 주니 박에서 나온 양반이 눈 깜짝할 사이에 다 먹고 바칠 공물을 적은 문서를 주었다.

윤기 나는 비단大緞과 솜털 달린 우단毛緞, 성긴 항라와 두꺼운 공단, 수를 놓은 얇은 비단과 작은 크기 쌍문초雙紋綃, 곱게 짠 사초紗綃와 성기게 짠 숙초熟綃, 물결 치듯 매끄러운 비단과 약간 거친 저주紵紬, 겹실로 짠 동의주胴衣紬와 안감으로 쓰는 내주內紬, 하얀빛 백저포白紵布와 함경도에서 만든 북포北布, 성글고 굵은 삼승三升 삼베, 가늘고 고운 세목細木 무명 각 다섯 동씩. 큰 소 열 마리, 큰 말 열 마리, 제주도 말 열 마리, 노새 열 마리, 버새 열 마리, 당나귀 열 마리, 돼지 여덟, 개 열 마리, 고양이 다섯, 큰 쥐 일곱, 생쥐 다섯, 암탉과 수탉 스물, 매 다섯과 민어 다섯, 숭어 다섯, 농어 일곱, 대구 셋, 홍어 아홉, 갈치 스물, 가오리 다섯, 가물치 넷, 양태 다섯, 성대 일곱, 물치 아홉, 고등어 다섯,

방어 여덟, 광어 다섯, 웅어 다섯, 청어 다섯, 조기 다섯, 전어 다섯, 병중어 다섯, 거당이 스물, 누치 셋, 붕어 스물, 송사리 다섯, 대합 다섯, 소합 다섯, 전복 다섯, 홍합 스물, 대하 일곱, 준치 다섯, 세하 삼십, 우뭇가사리 둘, 줄꽁치 셋, 장어 다섯, 병어 다섯, 가자미 스물, 가오리 스물, 밴댕이 여섯, 황석어 넷, 명태 다섯, 멸치 다섯, 물게 스물, 꽃게 다섯, 청게 일곱, 방게 여덟, 새우알 두 근, 조기알 세 근, 물고기알 네 근, 소라 다섯 근, 장 셋, 뱅어 일곱, 게알 두 근, 뱀 다섯, 구렁이 셋, 독사 일곱, 누룩뱀 셋, 백사 둘과 쥐며느리까지.

은반상 다섯, 놋반상 다섯, 사기반상 열, 대야 여섯, 요강 여섯, 놋독 셋, 놋동이 다섯, 가마솥 다섯, 큰 솥 다섯, 옹기솥 다섯, 탕관 다섯, 노구솥 다섯, 번철 다섯, 새옹솥 다섯, 퉁노구솥 다섯, 화살 갑 다섯, 식칼 다섯, 작은 칼 다섯, 긴 칼 다섯, 약재용 작두 다섯, 큰 작두 다섯, 쇠채찍 둘, 창 셋, 활 스물, 화살 삼백 독, 가마 둘, 삿갓가마 셋, 남여藍輿 셋, 덩가마 하나까지 정결하게 꾸며 들여라.

크고 **빳빳한** 대장지 석 동, 두꺼운 종이 석 동, 백지 넉 동, 편지지 다섯 동, 가는 붓 석 동, 작은 붓 두 동,

먹 다섯 동.

　그 밖에도 수를 이루 다 기록하지 못하나 큰 장지莊
紙 넉 장에 가득 채워 내주는 것이었다. 이날이 마침
평양 장날이어서 놀보는 할 수 없이 천석지기 문서를
잡히고 그 수대로 다 갖춰 내주니 박에서 나온 양반
이 앞뒤로 모조리 신고 내달아 가버렸다.

계속 박을 탔더니

놀보는 크게 화가 났다.

"아무튼 이 박이나 마저 타봅시다."

부인이 고개를 저으며 말했다.

"또 여기서 상전이 나오면 무엇으로 공물을 바치겠소?"

놀보가 웃으며 말했다.

"이 통에는 정말로 보물이 들었으니 염려 말고 어서 타세. 아까는 계집사람이 소리를 너무 크게 해서 마가 끼어 그런 것이니 이번에는 살금살금 잘 타봅시다."

부인이 마지못해 슬금슬금 타니 박이 막 뻐개지며

박 속에서 한 놈이 헌 벙거지에 서 푼짜리 채찍을 들고 내달아 서며 말했다.

"우리 정 생원님, 외출했다 돌아와 계시더니 어디가 계시느냐?"

놀보가 말했다.

"나는 알지 못한다."

종놈이 소리를 질렀다.

"분명 큰일이 났으니 평양 관아에 아뢰어 결단하리라!"

놀보가 크게 놀라 말했다.

"과연 아까 신공을 받아서 가셨느니라."

종이 말했다.

"그러면 나에게 백 냥을 주면 무사하게 해주겠다."

놀보가 즉시 백 냥을 주니 받아서 돌아갔다. 놀보가 어이없어하며 말했다.

"아무래도 이럴 리 없으니 이 통을 마저 타보자."

부인이 실색하며 말했다.

"어마, 무서워라. 나는 못 하겠네."

놀보가 웃으며 말했다.

"이번일랑 살금살금 잘라보자."

그리고 부인을 데리고 앉아 살금살금 빌었다.

"상전일랑 나오지 말고 금은보화만 생기소서."

빌기를 그치고 귀를 기울여 들으니, 박 속에서 숙덕숙덕하더니 놀이패 한패가 내달아 온갖 짓을 다하며 소리쳤다.

"돈 삼백 냥을 주면 무사할 것이나, 안 그러면 네 집에 불을 지르고 너를 죽이겠다!"

놀보가 크게 놀라 즉시 삼백 냥을 만들어 주니 가지고 갔다. 놀보가 웃으며 부인에게 말했다.

"모든 일에는 끝이 있나니, 아무튼 저 통이나 마저 타봅시다."

그러자 부인이 말했다.

"부탁이니 이제 그만 그쳐요."

놀보가 웃으며 말했다.

"이번엔 살짝살짝 잘 타봅시다."

그러고는 살짝살짝 빌었다.

"제발 덕분에 보물 많이 생기소서."

빌기를 마치고 들으니 박 속에서 수군수군거리더니 불한당 한 떼가 내달아 온갖 살림살이에 쓰는 그릇들을 다 쓸어 가지고 갔다. 놀보가 크게 화를 내며 처를 달래어 말했다.

"아무래도 이럴 리 없으니 남은 박이나 다시 탑시

다.”

부인이 호소했다.

“나는 죽어도 못 하겠으니 제발 그만 그쳐요.”

놀보가 웃으며 말했다.

“대장부가 그만한 일을 겁내랴. 그럼 나 혼자 하리
다.”

그리고 작은 톱을 가지고 앉아서 타니 혹 사당패도
들고, 혹 귀신 떼도 들고, 혹 도깨비 떼도 들었으니
모두 하나같이 날뛰어 집안 기물을 낱낱이 다 거두어
가고 안팎 솥까지 다 떼어갔다.

놀보가 화를 내며 열한 통째 박을 갖다놓고 앉아서
타니, 박 속에서 댕댕거리는 소리가 나며 홀연 굿무
당 한 떼가 내달아 사방으로 날뛰며 소리를 질렀다.

“삼백금三百金을 주어야 무사하지, 그러지 않으면
너를 죽이겠다!”

놀보가 당황해 겁이 나서 대답했다.

“아까 온 저 여러 사람들을 다 대접해 보내느라 솥
도 없소. 집밖에 남은 것이 없으니 어쩌란 말이오.”

그러자 굿무당이 날뛰며 방울을 흔들면서 말했다.

“이 막돼먹은 놈아, 수많은 재물을 가지고 부모님
과 동생에게 거친 옷감 한 조각 드린 것 없고, 남에게

물 한 숟가락 좋은 일 하지 않고, 세상에 너 같은 놈 없으니 내가 네 집에 불을 놓고 너를 죽이리라."

놀보가 크게 겁먹고 집 서른 칸을 떼어 팔아 돈 삼백 냥을 만들어 주니, 집안을 다 휩쓸어 가지고 가더라.

박국 먹고 땅동

놀보가 어이없어하며 말했다.

"배가 고프니 저 박을 가져다 삶아 오시오."

부인이 화를 내며 말했다.

"그 많은 재물을 다 파산하고 그저 이 박 하나 남았는데 배가 고파요? 박 타기 전에 마련한 술이랑 고기랑 떡이나 먼저 먹자 했더니 그것은 안 된다 하더니 지금 박국을 끓이란 말이 어디서 나와요?"

놀보가 웃으며 말했다.

"주육과 떡을 그만치나 장만했으니 그 많은 손님네를 대접하여 보냈지, 그러지 않았던들 무엇으로 대접했겠소? 잡말 말고 어서 박국을 끓이시오."

부인이 즉시 나가 이웃집에 가서 놋쇠로 만든 작은 솥과 칼을 얻어다가 국을 끓여놓고 표주박으로 떠 맛을 보았다.

"우에 당동."

놀보가 꾸짖으며 말했다.

"여편네가 박국 먹고 당동이라니, 어인 일인고? 내가 맛봐야겠다."

한 모금을 훌쩍 마시더니,

"어이 당동 괴이하다."

이때 여든셋 먹은 놀보 장모가 박 속에서 나온 잡것들에게 놀라 혼이 떠 한구석에 엎드렸다가 딸과 사위가 '당동' 하는 소리를 듣고 몸을 구부리고 나오다가 보며 물었다.

"얘들아, 당동이 어인 일이냐?"

놀보가 말했다.

"그저 당동이 아니라 박국 먹고 당동이로소이다."

장모가 말했다.

"내가 맛봐야겠구나."

장모가 박국을 달라 하여 이 다 빠진 입을 오그리고 홀짝 마시더니 말했다.

"애고 당동 고이하다."

놀보가 크게 놀라며 말했다.

"집안 사람이 모두 박국 먹고 당동 하니 이것은 아마도 동티가 난 것이라. 전의典醫, 조선시대 궁중의 의약을 담당하던 곳 댁에 가서 물어봐야겠다."

놀보가 즉시 전의 댁에 가서 음식을 드리고 아뢰었다.

"소인이 여차여차하여 이 박국을 끓여먹고 집안 사람이 다 당동 병을 얻었사오니 생원님 덕분을 입사와 무슨 약을 먹어야 좋사오리이까? 부디 도와주십시오."

전의 양반 홍 생원이 듣고 일렀다.

"네 그러하면 그 박국을 가져오라. 참으로 괴이한 일이니 내가 맛을 보리라."

놀보가 즉시 갖다 드리니 전의 양반이 받아서 한 모금 훌쩍 마시고는 말했다.

"이상 당동 괴이하다."

그러고는 호령했다.

"이놈 당동, 쾌씸 당동, 생심生心 당동!"

벽력같이 이르거늘 전의 양반의 아들이 눈을 부릅뜨고 소리 질러 놀보를 잡아 내리라고 벽력 같은 소리로 호령했다.

"너 이 괘씸한 놈! 공손한 척하며 괴이한 당동 병을 얻어다가 우리 생원님께 드리다니, 이놈 보아라. 네가 약값 이백 냥을 바쳐야 생원님의 당동 병환을 고치고 네 죄를 용서받으리라!"

놀보가 황겁하여 땅에 엎드려 빌었다.

"소인이 박 귀신에게 붙들려 가산을 탕패하여 집도 큰 채는 팔고 지금 이백 냥짜리 열다섯 칸이 남았나이다. 그 집문서를 드릴 것이니 팔아서 생원님 당동 병환의 약값을 하소서."

전의 양반이 문서를 받고 놀보를 놓아 보냈다.

덕수 장씨 시조가 된 흥보

놀보는 친구도 한 명 없고 행랑 한 칸도 없으니, 생계가 끊겨 빌어먹으러 나갔다. 흥보가 이 소문을 듣고 불쌍히 여겨 데려다가 자기 집 곁채에 머물게 하고 먹는 것과 입는 것을 차별 없이 하니 놀보 부부가 고마워했다.

흥보는 이후에 무과에 급제한 무반이 되어 명망이 하늘 같고 자손이 점점 창성해 대대로 문무과 벼슬을 하니, 덕수 장씨德水張氏의 시조가 되어 자자손손이 영귀했다. 이러니 세상에 착한 일 하는 것과 악한 일 하는 것의 차이가 어찌 현격하지 아니하리오.

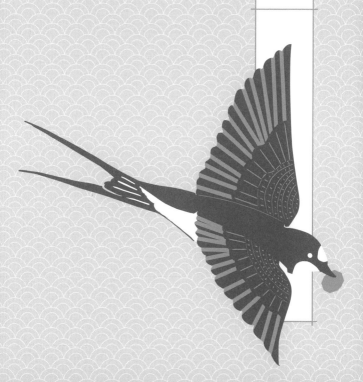

흥보만보록 깊이 읽기

평양 서촌 사람 흥보

『흥보만보록』은 배경이 평양平壤 서촌西村이라는 점
에서 다른 『흥부전』 이본들과 구별된다. 평양 서촌은
평양시 순안구역 일대의 옛 이름으로, 평양부의 서
쪽에 있는 고장이라 하여 그렇게 불렸다고 한다. 전
라도 순천의 옛 이름도 평양이지만, "평양 서촌"이라
고 구체적으로 언급한 점이나 흥보가 나중에 황해도
덕수를 본관으로 하는 덕수 장씨의 시조가 된다고 한
것을 보면 평안도의 평양이 맞는 듯하다(이에 대해서
는 해설에 좀더 자세히 써두었다).

한편, 이야기로서 『흥부전』의 기원은 무엇일까?
학계에서는 『흥부전』이 설화에서 비롯됐다고 본다.

작품 구조나 주제가 민담과 비슷해서다. 1922년 최남선은 몽골의 『박타는 처녀』 설화를 『흥부전』의 유사 설화로 제시했다. 내용을 요약하면 다음과 같다.

옛날 어느 처녀가 살고 있었다. 하루는 바느질을 하다가 처마 끝에 집을 짓고 살던 새끼 제비 한 마리가 땅에 떨어져 날개가 부러진 것을 보고, 바느질하던 실로 날개를 동여매주었다. 그 제비는 이듬해 박씨를 하나 물고 왔다. 처녀가 박씨를 심자 커다란 박이 하나 열렸고, 박에서 온갖 금은보화가 쏟아져 나왔다. 처녀는 부자가 되었다.

그 이야기를 들은 이웃집의 심술궂은 처녀는 자기 집 처마에 사는 제비를 잡아다가 일부러 날개를 부러뜨리고 실로 동여매주었다. 그 제비도 박씨를 물고 왔고, 박씨를 심자 커다란 박이 열렸다. 그러나 이번에는 박에서 수많은 독사가 나와 처녀를 물어 죽였다.

구전설화는 전승 과정에서 청자에게 친근한 주변 지명으로 지명이 바뀌는 경우가 많다. 『흥부전』 역시 평양을 배경으로 했는데, 전라도 지역에서 판소리로 향유되면서 지명이 남원 등으로 바뀌었을 수 있다.

처가살이하는 데릴사위 형제

홍보와 놀보 형제가 부잣집에 처가살이를 한다
는 점 또한 『홍보만보록』의 특징이다. 『홍보만보록』
이 언제 창작됐는지는 알 수 없으나, 필사된 시기는
1833년 무렵으로 추정된다. 즉 『홍보만보록』은 조선
시대 사람들의 생활상이 반영되어 있는 작품이다.

조선시대라고 하면 많은 사람이 대단히 엄격한 가
부장적 사회를 떠올린다. 그렇지만 『홍보만보록』에
보이는 홍보와 놀보 형제의 모습은 우리가 일반적으
로 생각하는 가부장적 결혼생활과 거리가 멀다. 홍보
와 놀보 형제가 둘 다 처가살이로 결혼생활을 시작하
는 점도 그렇거니와, 놀보가 "처부모 덕에 먹고산다"

고 할 정도로 처가의 덕을 크게 보는 점도 눈길을 끈다. 더구나 장남인 놀보가 자기 부모는 돌보지 않으면서 오직 처부모만 극진히 봉양하는 대목은 매우 이색적으로 다가온다.

그런데 사실 전통적인 우리 혼인 풍습은 처가살이에 더 가까웠다. 이러한 혼속의 유래는 뿌리가 깊다. 3세기에 기록된 중국 역사서 『삼국지·위서三國志·魏書』「오환·선비·동이전烏桓·鮮卑·東夷傳」을 보면 고구려 때부터 사위가 상당 기간 처가에 머무는 풍속이 있었다.

고구려의 혼인 풍속에, 미리 말로 약속을 정한 다음 여자 집에서 본채 뒤편에 작은 집을 짓고 '서옥壻屋, 사위집'이라고 이름 짓는다. 남자는 저녁 무렵에 여자 집 문밖에 이르러 자기 이름을 말하고, 무릎을 꿇고 절하며 신부와 잘 수 있게 해달라고 빈다. 이렇게 두어 번 하면 처가 부모는 비로소 작은 집에 가서 자도록 허락하고, 가져온 돈과 폐백은 곁에 쌓아둔다. 아들을 낳아 장성하면, 남편은 아내를 데리고 자기 집으로 돌아간다.

『삼국지·위서』에 의하면 고구려의 혼인 풍속은 남자가 여자 집에서 일정 기간 처가살이를 하는 서류부가혼壻留婦家婚이었다. 신랑은 신부집에 지참금 명목으로 돈과 폐백을 가져갔다. 또한 자식들은 장성할 때까지 처가에서 자랐으니, 이후에도 외가 쪽 사람들과 가까운 사이가 되기 쉬웠다. 평양을 배경으로 한 『홍보만보록』에 홍보 형제의 처가살이가 강조되어 있는 것은 고구려 혼인 풍속의 흔적인지도 모른다.

또한 『고려사高麗史』 원종 12년 2월 기록을 보면 고려에 온 다루가치達魯花赤 탈타아脫朶兒가 대신들의 딸을 상대로 며느리를 물색했다는 내용이 있다. 이 기록을 통해 고려에도 처가살이하는 풍속이 있었음을 알 수 있다.

탈타아가 아들을 위해 며느리를 찾는데, 반드시 재상 집안의 딸이기를 원했다. 이에 딸을 가진 집안에서는 두려운 나머지 앞다투어 사윗감을 들였다. 나라에서는 재상집 두셋을 적어주고 탈타아가 스스로 선택하도록 했다. 탈타아는 용모를 가려서 김련의 딸을 며느리로 삼으려 했다. 집에서는 이미 예서預婿를 들였는데, 그는 겁을 먹고 집을 나가버렸다. 그때 김련이

몽고에서 아직 귀국하지 않았기에 집에서는 그가 귀국한 뒤 혼례를 치르자고 했으나 탈타아는 듣지 않았다. 나라의 풍속에, 나이 어린 남자아이를 받아들여 집에서 기르다가 나이가 차면 결혼시키는 것을 예서라 한다.

고려에는 예서, 곧 나이 어린 사윗감을 처가에 들여놓았다가 나이가 차면 결혼시키는 풍속이 있었다. 김련의 집안도 그런 경우였는데, 다루가치로 고려에 온 탈타아의 강요에 딸을 며느리로 보내게 된 것이다. 다루가치는 원 제국이 점령지에 파견한 관원을 말한다. 당시 고려가 원의 지배 아래에 있었던 만큼, 그 위세가 상당했으리라 짐작할 수 있다. 원래 김련의 집에 살던 예비신랑은 겁을 먹은 나머지 도망쳐버렸다.

이렇게 처가살이를 중심으로 한 우리 민족의 혼인 풍속은 조선시대에 들어오면서 변하기 시작한다. 조선은 중국의 성리학을 지배 이념으로 받아들였기에, 혼례는 여자가 남자 집에 시집오는 방식이어야 했다. 이러한 예법 변화는 그저 혼인 방식을 중국식으로 바꾸는 것 이상의 의미를 지닌다. 세종이 "우리나

라 풍속이 중국과 달라서 친영례親迎禮를 행하지 않는
까닭에, 외가에서 젖 먹여 기르기도 하고 처부모 집
에서 자라기도 해서 은의恩義가 매우 두텁다"(『세종
실록』세종 12년 6월 1일)고 했듯이, 처가살이를 하면
아무래도 처가 쪽과의 관계가 끈끈해지게 마련이었
다. 이를 가부장적인 구조로 바꾸기 위해서는 여자가
남자 집에 시집오는 쪽으로 혼인 풍속을 바꿔야 했
다. 그리하여 태종 때부터 왕실을 중심으로 친영례를
행하며 혼인 풍속을 바꾸려고 했으나, 민간의 혼인
풍속이 쉽게 바뀌지 않았다. 결국 중종 대에 와서야
여자 집에서 혼례를 치르고 3일 정도 머물다 남자 집
으로 가는 반친영半親迎이 생겼다. 이는 우리나라 관습
과 중국 예법을 절충한 방식이라고 할 수 있다.

　이후에도 남자가 여자 집으로 장가가고 일정 기간
처가살이하는 풍속이 지속되었다. 여자가 남자 집에
시집오는 풍속이 일반화된 것은 18세기 무렵 가부장
제가 어느 정도 확고해진 이후의 일이다. 수백 년이
흐르는 동안 혼인 풍속이 조금씩 바뀐 것이다. 흔히
귀머거리 삼 년, 장님 삼 년, 벙어리 삼 년이라고 한
고된 시집살이는 조선 후기에 이르러서야 널리 나타
난 풍속이다. 물론 『흥보만보록』의 처가살이는 집안

의 생활고로 인한 것이지만, 우리 혼인 풍속의 흔적
을 보여준다는 점에서 눈길을 끈다.

가산이 기울 만큼 많이 먹다

장천 부부는 하루 한 말의 밥을 먹어 가세가 기운
다. 한 말의 밥은 어느 정도 양일까? 1446~1902년
의 한 말은 약 5.7리터였다.[1] 오늘날 밥 한 공기를
200밀리리터로 치면, 지금의 약 28~29공기에 해당
한다. 부부가 합해서 하루에 밥을 서른 공기 가까이
먹었으니 꽤 많이 먹은 셈이다.

물론 지금과 달리 조선시대에는 하루 두 끼만 먹었
고, 변변한 찬이 없었으며, 육체노동 강도가 높아 한
끼에 먹는 양이 많은 편이었다. 이덕무의 『청장관전

---

[1] 이종봉, 『한국 중세 도량형제 연구』, 혜안, 2001, 185쪽. 오늘날에는
     약 18리터가 한 말이다.

서』에는 "우리나라 남자의 먹는 양은 한 끼 7홉을 표준으로 한다我國男子所食, 以七合爲準"고 되어 있다.[2] 여기서 7홉(약 400밀리리터)은 쌀을 기준으로 한 것이니, 밥으로 바꾸어 생각하면 거의 1리터에 육박하는 양이다. 당시 성인 남성은 오늘날 기준으로 한 끼에 네댓 공기의 밥을 먹은 것이다.

조선은 다른 나라에 비해 많이 먹는 습성이 있었다. 19세기 말 프랑스 신부 다블뤼1818~1866는 포교를 위해 21년간 조선에 머무르면서 여러 기록을 남겼는데, 조선 사람의 먹는 양에 놀랐는지 이에 대해 매우 자세하게 기록해놓았다.

노동하는 사람들의 일반적인 식사량은 1리터의 쌀밥으로, 이는 아주 큰 사발을 꽉 채운다. 각자가 한 사발씩을 다 먹어치워도 충분하지 않으며, 계속 먹을 준비가 되어 있다. 많은 사람들이 2, 3인분 이상을 쉽게 먹어치운다. 우리 천주교인들 중의 한 사람은 나이가 30세에서 45세가량 되는데, 그는 어떤 내기에서 7인분까지 먹었다. 이것은 그가 마신 막걸리 사발의

2　이덕무, 『국역 청장관전서』 10, 민족문화추진회 옮김, 솔, 1997, 45쪽.

수는 계산하지 않은 것이다.[3]

다블뤼는 노동하는 사람 한 명이 한 끼에 1리터의 쌀밥을 먹는다고 했다. 이덕무의 기록에서 성인 남성이 한 끼에 7홉의 쌀을 먹는다고 한 기록과 부합한다. 그리고 많은 사람이 2, 3인분 이상을 쉽게 먹어 치운다고 했는데, 고된 농사일을 하는 사람들은 아마 이 정도까지 먹을 수 있었을 것이다.

조선 사람들은 왜 이렇게 많이 먹었을까? 여러 이유를 생각해볼 수 있겠지만, 무엇보다 많이 먹는 것을 꺼리지 않는 분위기가 가장 컸던 듯하다. 다블뤼는 조선 사람들의 식탐을 "조선인들이 가진 악덕 중의 하나"로 꼽았지만, 정작 조선 사람들 스스로는 "많이 먹는 것이 명예로운 일이며, 질보다는 양을 중시한다"고 했다.[4] 다블뤼의 기록에 따르면 조선 사람들이 열 사발, 즉 10리터의 엄청난 밥을 먹는 사람을 '장사'로 여겼다고 했다. 조선시대에 많은 식사량은 악덕이 아닌 미덕이었음을 짐작할 수 있다.

---

3   조현범, 『조선의 선교사, 선교사의 조선』, 한국교회사연구소, 2008, 238쪽에서 재인용.
4   조현범, 같은 책, 237~238쪽.

그러한 맥락에서, 『홍보만보록』의 장천 부부가 하루 한 말의 밥을 먹어 가세가 기울었다는 서술은 주의 깊게 해석해야 한다. 오늘날 많은 식사량은 방탕한 성격이나 과도한 식탐 등 부정적으로 해석되기 쉽지만, 조선시대에는 이것이 영웅으로서의 위대한 자질을 암시했을 수도 있다. 장천 부부의 아들 홍보가 훗날 무과에 급제해 덕수 장씨의 시조가 된 것 역시 이와 관련지어 볼 수 있다.

박에서 나온 선물

『흥보만보록』에서 흥보의 박은 모두 열두 개다. 박에서 나오는 것은 은 수만 냥, 황금 수만 냥, 백금 수만 냥, 돈 수만 냥, 기와집 여든아홉 칸, 백옥 그릇, 놋쇠 그릇과 은반상, 명주와 비단, 무명과 모시베, 계집종 스물, 사내종 열다섯 명, 고운 계집(흥보의 첩) 한 명이다.

신재효본 『박타령』과 경판본 『흥부전』에서는 박의 개수가 세 개, 네 개로 크게 줄었다. 다만 나오는 물건의 성격은 비슷하다. 쌀과 돈이 무한정 생기는 쌀궤와 돈궤, 안방과 사랑방, 부엌, 마당에 놓고 쓰는 온갖 세간, 기와집 수천 칸과 종 수십 명이 그렇다.

특히 신재효본은 세 개의 박에서 나오는 내용물의 순서가 식食 → 의衣 → 주住에 대응되도록 질서정연하게 짜여 있다.

경판본과 신재효본은 첫번째 박에서 『흥보만보록』에 없는 청의동자가 나와 여러 종류의 선약을 준다는 점이 다르다. 청의동자는 설화나 무가, 소설 등 여러 고전문학 작품에서 흔히 볼 수 있는데, 대개 신선이나 부처 등을 모시는 것으로 되어 있다. 청의동자가 흥보에게 가져다준 약은 죽은 사람을 살려내는 환혼주還魂酒, 장님의 눈을 고치는 개안주開眼酒, 벙어리를 말하게 하는 개언초開言草, 귀머거리의 귀를 열어주는 벽이용闢耳茸, 죽지 않는 불사약과 늙지 않는 불로초다. 무병장수와 불로불사를 꿈꾸었던 옛사람들의 희망이 투영된 선약들이다.

그런데 『흥보만보록』에는 청의동자도 선약도 나오지 않는다. 돈과 쌀, 옷감 등 오직 현실에서 필요한 재물이 나올 뿐이다. 경판본, 신재효본보다 시기가 앞선 연경본에도 청의동자와 선약이 나오지 않는다. 이로 미루어 초기에는 흥보 가족의 배고픔과 가난처럼 현실에서의 결핍을 해결하는 데 초점을 맞추었던 『흥부전』의 내용이, 후대에는 청의동자와 선약 등 초

월적 욕망 추구로까지 확장된 것 아닐까 생각해볼 수
있다.

아직 그리 악하지 않은 놀보

대개 놀보라고 하면 엄동설한에 가난한 동생 흥보를 매몰차게 내쫓았을 뿐 아니라, 그 밖에도 못된 짓을 많이 한 악인으로 알려져 있다. 그런데 『흥보만보록』의 놀보는 동생을 도와주지는 않았지만 그렇다고 아주 나쁜 사람으로 그려져 있지도 않다. 우리가 알고 있는 것보다 놀보의 악행이 심하지 않은 것이다.

『흥부전』 주요 이본 중 『흥보만보록』이 가장 오래되었고, 그다음이 하버드대학 옌칭도서관본(이하 연경본)이다. 경판본과 신재효본은 거의 비슷한 시기이며, 1913년 신구서림新舊書林에서 구활자본으로 인쇄된 『연燕의 각脚』이 가장 늦은 편이다. 이들 이본에 나타난 놀보의 모습을 살펴보면 시기에 따라 점차 우리가 알고 있는 놀보의 형상으로 바뀌어간다.

먼저 연경본에서 놀보의 모습을 묘사한 대목을 보면 아래와 같다.

> 놀보는 심사가 고약하여 사람마다 오장육보로되 놀보는 오장칠보였다. 남보다 한 보 더 있는 것은 심사보였다. 놀보가 심사보 가지고 평생 행세를 하되 (…) 장에 가면 억지 홍정 집에 들면 도적질을 주야로 일삼으니 형제 우애 알쏘냐.
>
> 이놈의 심사가 모과나무 심사요 성정이 불량하여 부모 생전에 전답 나눌 때 저 혼자 차지하니, 그래서 부자였다. 서울 부자 같으면 제사를 받들고 손님을 대접하며 벼슬을 밑천으로 좋은 옷을 입으련만, 시골 부자라 하는 것이 짚 묶음에 쌓인 재산이라, 부지런히 벌어야 부자라 하것다. 이놈 심사는 욕심이 많되 농사는 익숙하여 칠 년 가뭄을 넘어 마흔네 해가 지나가도 농사 때를 놓치지 않고 벌더니라.[1]

---

[1] 『흥보전·흥보가·옹고집전』, 정충권 옮김, 문학동네, 2010, 16~17쪽을 인용하되 일부 문장을 다듬었다.

연경본의 놀보는 나름 유능한 농부로 그려져 있다. 놀보는 농사일에 익숙해 칠 년 가뭄이 닥쳐도 농사 때를 놓치지 않는다. 무논에 찰벼 심고, 높은 곳 밭에 늦벼 하며, 콩, 면화, 팥, 옥수수, 깨, 녹두 등을 적재 적소에 잘 심어 앞뒤 뜰에 노적을 높이 쌓아두고 지 낸다. 그렇지만 마을에서 온갖 심술궂은 짓을 할 뿐 아니라, 부모의 전답을 독차지하고 흥보를 내쫓아 자 기만 부자가 된 심사 고약한 못된 인간이다.

신재효본 『박타령』의 놀보 역시 심술궂은 행동을 하는 악인이다. 다른 점은 연경본의 놀보가 "성정이 불량하여 부모 생전에 전답 나눌 때 저 혼자 차지"한 반면, 신재효본의 놀보는 자기 힘으로 재산을 모았다 는 점이다.

하루는 놀보가 흥보를 불러 말했다.
"흥보야, 네 들거라. 사람이라 하는 것이 믿는 것이 있
 으면 아무 일도 아니 된다. 너도 나이 장성하여 처자
 식 있는 놈이 사람 생애 어려운 줄 조금도 모르고서,
 나 하나만 바라보며 놀고먹는 거동 보기 싫어 못하겠
 다. 부모의 세간이 아무리 많다 해도 장손의 차지인
 데, 하물며 이 세간은 내가 혼자 장만했으니 너에게

는 부당하다. 네 처자 데리고서 빨리 천리 밖으로 떠나거라. 만일 지체하였다가는 죽여버릴 것이니 어서 급히 나가거라." [2]

놀보가 홍보를 쫓아내며 하는 말은 나름대로 논리를 갖추었다. 홍보가 나이도 먹을 만큼 먹어서 처자식까지 두었는데 경제적으로 독립하지 않고 자신에게 의지해서 살면 안 된다는 것이다. 그렇지만 처자식이 딸린 친동생 일가를 한 푼도 나눠주지 않고 내쫓는 놀보의 모습은 비정하기 짝이 없다. 놀보는 끝까지 홍보 가족을 도와주지 않으며, 부모님 제사 때에도 비용을 아끼려고 제사상 위에 돈 꾸러미만 올려놓고 제사를 지내기도 한다. 신재효본의 놀보는 재물을 모으기 위해서라면 패륜적인 행동도 서슴지 않는 인간이라 할 수 있다.

가장 후대에 출판된 구활자본 『연의 각』에는 이전의 이본에 나온 놀보의 악한 모습이 집결돼 있다. 놀보는 마을에서 심술궂고 고약한 행동을 하는 못된 인간으로, 부모의 재산을 혼자 차지하고 홍보를 내쫓는

---

2 서울대학교 중앙도서관 가람문고에 소장된 신재효본 『박타령』 4a~4b 쪽의 원문을 현대어로 바꾸었다.

다. 그러면서 자신이 부모의 재산을 독차지했다는 말을 못 하도록 귀 떨어진 사발과 목 부러진 나무 주걱, 닳아빠진 숟가락 같은 폐품을 주며 흥보네를 내쫓는다. 이렇게 함으로써 『연의 각』에서는 놀보를 더욱 못된 인간으로 그려놓았다.

놀보 마누라도 악랄하기는 마찬가지다.

흥보는 어찌나 맞았던지 온몸이 느른하여 말도 할 수 없고 얼굴이 다 깨어져 유혈이 낭자하고 여러 날 굶어 기운이 다한 중에 형의 앞에 있다가는 할 수 없이 죽을지라. 형수께로 나간다 하고 엉금엉금 기어 부엌 근처를 간즉 막 찰밥을 지어 김 오르는 밥내가 나니 흥보 오장이 뒤집히며 밥 생각이 간절하여 간신히 정신을 차려,

"애고, 여보 형수씨. 이 동생 좀 살려주오."

와락 뛰어들어가니 이년이 또한 몹쓸 년이라.

"남녀가 유별한데 어디를 들어와!"

하며 밥 푸던 주걱으로 흥보의 마른 뺨을 지끈 때려놓으니 흥보가 그 뺨 한 번을 맞은즉 두 눈 사이에서 불이 화끈 나고 정신이 휘돌다가 뺨을 슬며시 만져보니 밥이 볼따귀에 묻었다가 손에 만져지며 밥내가 코

에 들어오더라. 흥보 하는 말이,

"형수씨는 뺨을 쳐도 먹여가며 치니 고맙소. 이쪽 뺨
도 마저 쳐주오. 밥 좀 많이 붙게 쳐주시오. 그 밥 가
져다가 아이들 구경이나 시키겠소."

이 몹쓸 년이 밥주걱을 놓고 부지깽이로 흥보를 때려
놓으니 흥보가 매만 잔뜩 맞고 자기 집으로 돌아오며
신세 자탄 울음 운다.[3]

위 인용문은 놀보 마누라가 흥보의 뺨을 밥주걱으
로 때리고, 뺨에 밥풀이 붙자 흥보가 다른 쪽 뺨도 마
저 쳐달라고 하는 대목이다. 많은 사람이 떠올릴 정
도로 잘 알려진 내용이지만, 이전 이본에는 없던 장
면이다.

---

3 국립중앙도서관에 소장된 신구서림본 『연의 각』 18~19쪽(청구기호:
   3634-2-94(1))의 원문을 현대어로 바꾸었다. 1913년부터 1922년까
   지 신구서림에서 다섯 번 출판된 『연의 각』, 1925년과 1926년 경성서
   적업조합에서 출판된 『연의 각』, 1952년 세창서관에서 출판된 『연의
   각』은 모두 동일본으로 가장 많이 유통된 구활자본이다.

조선 사람은 유달리
수산물을 좋아해

놀보의 박에서 가장 먼저 나오는 것은 놀보의 옛 상전이다. 양반은 놀보에게 그동안 바치지 않았던 신공을 당장 바치라며 놀보가 바칠 물품의 목록을 빼곡하게 적어서 준다. 이 목록은 『흥보만보록』에만 있다. 다른 『흥부전』이본에서는 놀보가 양반에게 많은 양의 돈과 곡식을 바쳤다고만 하고 다음 박을 타는 장면으로 넘어가는데, 그 이유는 이 대목이 판소리로 연행하기에 적합하지 않기 때문일 것이다. 흥보의 박에서 온갖 금은보화가 쏟아져나오는 대목은 가난에 시달렸을 청중의 욕망과 환상을 대리만족시켜줬겠지만, 놀보가 양반에게 바쳐야 할 물품을 나열하는 대목은 그렇지 않다.

놀보가 바치는 신공 물품 중에서 가장 큰 비중을 차지하는 게 수산물이다. 거론된 수산물의 이름을 살펴보면 양도 많거니와 다양한 종류가 구체적으로 나열돼 있어 눈길을 끈다.

예컨대 소나 돼지, 개, 고양이 등은 그냥 "몇 마리"라고 통칭한 데 비해, 수산물은 종류별로 바쳐야 할 숫자를 매우 자세하게 나누었다. 바쳐야 할 물고기 중에는 멸치나 고등어처럼 흔히 접할 수 있는 것도 있지만 성대나 웅어같이 보기 드문 물고기도 있다. 게는 뭍게, 꽃게, 청게, 방게를 구별했고, 조개는 대합, 소합, 전복, 홍합, 소라를 나누었으며, 알은 새우알, 조기알, 물고기알, 게알의 수량을 따로 정했다. 놀보가 양반에게 바친 공물 중에서 유독 수산물만 이렇게 자세히 거론한 이유는 무엇일까? 혹시 그 당시 사람들이 수산물을 유달리 좋아했고, 그런 성향이 『흥보만보록』에 반영된 것은 아닐까?

조선 사람들이 수산물을 얼마나 좋아했고, 얼마나 많이 먹었는지를 통계 수치로 밝히기는 어렵다. 다만 수산물에 관한 조선시대 기록이 몇몇 남아 있는데 흥미롭다. 유몽인은 『어우야담』에 다음과 같은 기록을 남겼다.

예전에 십만의 중국 병사가 오랫동안 우리나라에 머물렀던 적이 있다. 그때 풍속이 달라 서로 비웃었다. 우리나라 사람들은 회를 즐겨 먹는데, 많은 중국인들은 침을 뱉으며 이를 추하게 여겼다. (…) 우리나라 사람이 밤에 어두운 방에 앉아 있었는데, 중국인이 밖에서 문을 열어 냄새를 맡고는 '분명 고려 사람이 있군'이라고 했다. 비린내가 난다는 말이었다. 우리나라 사람은 물고기 종류水族를 많이 먹기에, 비록 스스로는 냄새를 맡지 못해도 몸에서 반드시 비린내가 나기 때문이다.

이 기록은 임진왜란 무렵 조선에 명나라 군대가 주둔하면서 생긴 일화에 대한 것이다. 당시 조선 사람들이 중국인에 비해 날것을 많이 먹었던 모양이다. 특히 수산물을 많이 먹은 탓에, 스스로는 깨닫지 못하지만 몸에서 비린내가 난다고 했다. 그래서 중국인이 방 밖에서 냄새만 맡고도 조선 사람이 있다는 사실을 알았다는 말이다.

또한 이익의 『성호사설』에는 임진왜란 당시 명나

라 장수와 선조 임금이 식사할 때 벌어진 일화가 실려 있다.

하루는 명나라 장수가 계두桂蠹를 바쳤다. 계두는 계수나무 속에 사는 벌레로, 자줏빛에 향기롭고 맛이 매웠다. 남월왕南越王이 비취 구슬은 40쌍이나 바치면서 계두는 한 그릇을 바치는 데 그쳤다고 하니, 얼마나 귀한 것인지 짐작할 수 있다. 그렇지만 주상께서는 오랫동안 젓가락을 대지 않으셨다. 조금 있다가 우리 쪽에서 문엇국을 올렸다. 문어는 중국에서 팔초어八梢魚라고 한다. 그런데 명나라 장수 또한 먹기 어려워하는 기색을 보였다. 전하는 말에 의하면 문어는 우리나라에서만 나는 것이어서 명나라 장수가 처음 보았다는 것이다.

먼저 명나라 장수가 계두라는 벌레 요리를 올렸다. 계두는 남월왕이 공물을 바칠 때도 한 그릇밖에 올리지 않은 매우 귀한 것이었다. 그렇지만 난생처음 보는 벌레 요리에 선조는 오래도록 젓가락을 대지 못했다. 잠시 후 우리 쪽에서 문엇국을 올렸다. 명나라 장수가 귀한 음식을 바쳤으니, 우리 쪽에서도 나름 성의를 보이려고 대접했던 모양이다. 그렇지만 명나라 장수도 문엇국을 선뜻 먹지 못했다. 이에 대해 이익은 "이여송을 비롯한 명나라 장수들은 대개 중국 북쪽 지방 사람이어서 이러한 어물魚物을 보지 못했을 것"이라고 추정했다.

고전소설 『임진록』에서는 위 일화를 명 제독 이여송과 선조 임금 사이에 벌어진 기 싸움으로 재미있게 바꾸어놓았다. 하루는 이여송이 선조의 기를 죽이려고 일부러 계수나무 벌레를 가져와 바쳤다. 선조가 먹지 못하자, 이여송은 이렇게 귀한 음식을 먹지 못한다며 선조를 놀렸다. 그러고는 자신이 계수나무 벌레를 집어먹으니, 이것을 본 신하들은 모두 분함을 참지 못했다. 그때 꾀 많기로 유명한 백사 이항복 대감이 어디선가 산낙지를 구해 올렸다. 선조는 산낙지를 맛있게 먹었으나, 꿈틀거리는 산낙지를 본 이여송은 기겁하며 손도 대지 못했다. 결국 이여송과의 기 싸움에서 지지 않고 체면을 지킬 수 있었다는 이야기다.

이러한 기록으로 보아 확실히 조선 사람들은 수산물을 즐겨 섭취했던 듯하다. 실제 오늘날 한국인의 수산물 소비량은 세계적으로도 많은 편에 속한다.

유엔식량농업기구 통계에 의하면 2013~2015년 기준 한국 1인당 연간 수산물 소비량은 58.4킬로그램으로, 주요국 중 1위다. 다른 나라에서는 좀처럼 먹지 않는 개불이나 홍어, 산낙지를 한국인은 자연스럽게 먹는 것 또한 수산물을 선호하는 전통에서 비롯됐을 것이다.

망신스러운 당동 소리

박국을 먹은 놀보 가족이 '당동' 소리를 내는 대목
은 『흥보만보록』에 제법 자세히 서술되어 있어 눈길
을 끈다. 조선시대에 당동은 점잖은 사람이 입에 올
려서는 안 되는 말이었다. 당동이 그런 의미를 갖게
된 내력은 이훈종이 선행연구에서 밝혔다.[1] 그의 선
행연구에 소개된 일화를 요약하면 다음과 같다.

한 선비가 과거를 보러 서울로 올라가던 도중의 일이

---

[1] 이훈종은 '당동'의 한자 표기가 '당동(當動)'이며, 이것이 전래되는 음
    담패설과 관련되어 있다고 지적했다. 이훈종, 「『흥부전』 중 점미회사
    당동 고」, 『도남 조윤제박사 고희기념논총』, 형설출판사, 1976, 267~
    279쪽.

다. 느닷없이 내린 비를 흠뻑 맞고 길가 조그만 주막으로 들어갔는데, 주인 아낙이 혼자 있었다. 선비는 비에 젖은 옷을 말리다가 그만 아낙과 눈이 맞아 잠자리를 갖게 되었다. 그런데 결정적인 순간에 선비의 양물이 말을 듣지 않는 것 아닌가. 선비는 낭패를 보고 서둘러 그곳을 떠났다.

여러 날 만에 서울에 도착한 선비는 과거에도 낙방하고 말았다. 집으로 돌아가기 전에 서울 경치나 구경하고자 남산에 올랐는데, 멀리서 한 여인이 씻는 모습을 보게 되자 갑자기 양물이 움직이는 것이었다. 그는 분한 마음에 회초리를 꺾어 자신의 물건을 때리며 이렇게 말했다.

"고얀 놈 같으니! 마땅히 서야 할 때 서지 않아 주인을 망신시키더니 지금은 왜 갑자기 일어선단 말이냐."

그런데 마침 미복 차림으로 순행을 나온 임금이 그 모습을 보게 되었다. 임금은 선비가 자신의 물건을 때리게 된 웃지 못할 사연을 듣고, 며칠 후 추가로 과거가 실시될 것이니 꼭 응시하라고 알려주었다. 선비는 반신반의했는데, 정말 며칠 후 예정에 없던 과거가 실시되었다. 선비가 과장에 들어가보니, 글제는 다름 아닌 '鞭腎(양물을 때리다)'였다. 아무도 답을 써

내지 못하는데 그 선비만 써내 과거에 급제했다는 이야기다.

선비의 답은 아래와 같았다.

"마땅히 서야 할 때 서지 않고, 서서는 안 될 때 서니, 서는 것과 서지 않는 것이 마땅함을 잃었도다. 서는 것과 서지 않는 것이 마땅함을 잃고도 망하지 않은 자는 지금까지 없었느니라. 그러므로 말하기를, '군자는 예가 아니면 서지 않는다非禮勿動'고 한다."

마지막의 "예가 아니면 서지 않는다"는 『논어』 「안연」편에 나오는 구절을 패러디한 것이다. 안연이 인仁의 조목을 묻자 공자는 이렇게 답했다.

예가 아니면 보지 말고, 예가 아니면 듣지 말고, 예가 아니면 말하지 말고, 예가 아니면 행하지 말라非禮勿視 非禮勿聽 非禮勿言 非禮勿動."

여기서 "비례물동非禮勿動"은 원래 예가 아니면 행하지 말라는 뜻인데, 이를 장난스럽게 해석해 만들어진 것이 앞의 이야기다. 그리고 이 이야기가 널리 알려지면서 '당동當動'이라는 말 자체가 음담패설의 의미

를 가진 일종의 속어로 쓰였으리라 추정한다. 그래서
『흥부전』에서 놀보 가족과 이웃집 양반이 '당동' 소
리 내는 것을 망신스럽게 여겼던 것이다.

명문가 덕수 장씨

덕수 장씨의 시조는 고려 충렬왕과 혼인한 원元의 제국공주齊國公主를 따라온 시종관 장순룡張舜龍이다. 『고려사』에 의하면, 장순룡은 회회回回, 위구르 사람으로 원래 이름은 셍게三哥였다. 고려에 온 후 벼슬을 받아 장군이 되면서 장순룡으로 이름을 바꾸었고, 덕수현德水縣, 지금의 황해도 개풍군을 식읍食邑, 신하에게 해당 지역의 조세권을 주는 것으로 받았다. 그리하여 후손들은 그를 시조로 모시고 덕수를 본관으로 삼았다고 한다.

덕수 장씨는 조선시대에도 명문가였다. 12대손 계곡 장유張維는 조선 4대 문장가 중 하나로 관직이 우의정에 이르렀다. 그는 효종비 인선왕후의 아버지이

계곡 장유의 초상. 국립중앙박물관 소장.

기도 하다. 다만 이런 사실과『홍보만보록』의 내용은 무관하다. 그렇다면 홍보는 왜 덕수 장씨의 시조가 된 것일까? 필자는『홍보만보록』의 소장자인 송준호 선생님과 여러 가지 가능성을 추론해보았으나, 지금 으로선 명확한 이유를 찾을 수 없었다.

『홍보만보록』은 은진 송씨 집안에서 대대로 내려 온 자료인데, 은진 송씨와 덕수 장씨 사이에 특별한 친분이나 원한 관계가 있는 것도 아니라고 한다.『홍 보만보록』의 내용 역시 덕수 장씨를 딱히 높이거나 낮춘다고 보기 어렵다. 주인공 홍보가 착한 행실로 복을 받긴 했지만, 형 놀보는 나쁜 행실로 화를 입었 기 때문이다. 더구나 덕수 장씨가 조선시대에 왕비까 지 배출한 명문가라는 점을 감안하면, 홍보가 무과로 급제했다는 결말이 딱히 덕수 장씨 가문을 실제보다 높이는 서술이라 보기도 어렵다. 그렇다고『홍보만 보록』의 내용이 덕수 장씨를 깎아내리는 내용이라고 말할 수도 없다. 착한 일을 한 홍보는 복을 받아 잘살 게 되기 때문이다.

하나의 가능성은『홍부전』의 근원설화로 몽골의 『박타는 처녀』설화가 지목되어왔다는 점이다. 최남 선은『홍부전』이 몽골의『박타는 처녀』설화에서 유래했을 가능성을 논했다. 그렇게 본다면 『홍부전』은 외국에서 귀화한 설화인 셈이다. 지금은 누구나 『홍부전』을 우리 민족 고유의 전래 설화로 여기지만, 어쩌면 조선시대 사람들은 제비가 물어온 박씨를 심어 부자가 되었다는 『홍부전』의 줄거리를 이국적인 내용으로 느꼈을지도 모른다. 그래서 홍보를 귀화 성씨인 덕수 장씨의 시조로 만든 것 아닐까.

또다른 가능성으로 조선 후기 하층민이 각고의 노력 끝에 양반의 성씨를 획득하기도 했던 사회 현실을 생각해볼 수 있다. 권내현의 『노비에서 양반으로, 그 머나먼 여정』(역사비평사, 2014)은 어느 노비 집안이 2백 년에 걸쳐 상위 신분인 양반의 족보를 획득하는 과정을 추적했다. 이는 경상도 단성현의 호적대장을 토대로 한 연구이지만, 다른 지역에서도 상황은 어느 정도 비슷했으리라 짐작할 수 있다. 즉 부자가 된 홍부가 무반의 신분을 획득하고 덕수 장씨의 시조로 자리매김하는 『홍보만보록』의 결말은 하층민들이 바라던 신분 상승의 꿈을 실현한 것으로 볼 수 있는 것이다.

그렇다면 왜 하필 덕수 장씨일까? 선행연구에 의하면 전통적인 양반들이 주축을 이룬 반촌에서는 그들의 성씨와 본관을 쓸 수 없었다. 예컨대 안동 김씨 가문이 구성원의 다수를 차지하는 마을에서는 평민들이 자신의 족보를 안동 김씨로 만들기 어려웠다. 안동 김씨들이 이를 내버려두지 않기 때문이다. 그렇지만 안동 김씨가 적거나 없는 마을에서는 평민들이 족보를 안동 김씨로 바꾸기가 비교적 용이했다고 한다.

만일 흥부가 황해도 덕수에 살았더라면, 그 지역의 대표 성씨인 덕수 장씨의 텃세 때문에 덕수 장씨의 시조가 되기는 어려웠을 것이다. 그렇지만 『흥보만보록』의 배경은 황해도 덕수 지역과 제법 떨어져 있는 평양이다. 이 때문에 흥부가 출세한 후 자신의 본관으로 덕수 장씨를 선택했던 것은 아닐까. 다만 이역시 어디까지나 한 가지 가설일 뿐이다.

원본 흥보만보록

평양 서촌의 데릴사위 형제

　평양 셔촌의 혼 궁민이 이시니 셩명은 댱쳔이라. 일
즉 두 아들을 나흐니 댱은 놀뵈오 ᄎ는 흥뵈니 샹뫼
(相貌) 비샹(非常)ᄒ야 범 ᄋ희들과 ᄃᄅ나 졈〃ᄌ라
매 놀뵈 범ᄉ의 흥보만 곳지 못ᄒ더라. 댱쳔의 궁한
(窮寒)이 졈〃심ᄒ여 능히 됴셕(朝夕)을 이우디 못ᄒ
니 쳬 방하 품을 풀고 놀뵈 형뎨 눔글 ᄑ라 연명ᄒ나
능히 이우디 못ᄒ니 양ᄌ롤 부민의 ᄃ릴ᄉ회 주고 부
쳬 이셔 현슌(懸鶉)[1]ᄒ여 쥭기의 니ᄅ니 흥뵈 ᄎ마 쳐

1　현슌(懸鶉): 해진 옷. 옷이 해져서 너덜너덜한 것이 메추리의 꽁지깃이
　빠진 것과 같다는 뜻에서 유래한 말. 또는 메추리를 매단 듯이 너덜너
　덜하다는 뜻이다.

가의 잇디 못ᄒ여 기쳐롤 다리고 와 어버이롤 봉양하
더라. 놀보는 쳐가의 이서 일년이 넘으되 어버이롤 춧
지 아니코 흥보롤 가쇼로이 넉이더라.

밥을 많이 먹어 집안이 기울다

흥뵈 쳐지를 어더 어버이룰 봉양ᄒ나 댱늬 부쳬 양이 널어 부쳬 먹는 거시 하로 일두(一斗) 반(飯)이 부죡ᄒ니 스스로 탕패(蕩敗)[1]ᄒ고 기쳐는 방하 품을 폴고 저는 늄글 뷔여 강촌의 ᄑ라 요싱ᄒ나 능히 니우디 못ᄒ니 부뫼 주리다가 못ᄒ여 놀보의 집의 간즉 놀보 부쳬 닝쇼(冷笑)ᄒ고 ᄆ을 가며 불공지셜(不恭之說)을 무수히 ᄒ고 물 ᄒ술 주디 아니더니 〃 ᄆ양 울고 도라와 셜워ᄒ니 흥뵈 이둘나 ᄒ나 견딜 길이 업서 놀보의 집의 가 품갑슬 달나 ᄒ즉 놀뵈 변식(變色)고 주디 아

---

1 탕패(蕩敗): 재물 따위를 다 써서 없애다. 탕진.

녀 왈,

"우리 ᄌ셩ᄒ여 됴셕을 쯘치 아닛ᄂ 거시 부모 동ᄉᆼ이 주어셔 ᄂ 거시 아니라. 쳐부모 덕분의 후은(厚恩)을 입어 가산 젼토(田土)롤 유죡히 두고 먹어든 부뫼 무ᄉ 낫ᄎ로 ᄂᆡ 거슬 달나ᄒ며 넨들 무ᄉ 염치로 날을 보치ᄂ다."

무수히 ᄭᅮ짓거놀 흥뷔 이닯고 셜워 도라와 강촌의 남글 푸라 어버이롤 봉양ᄒ더니 츈삼월을 당ᄒ여 남글 디고 오더니 길긔 혼 져비 발목이 브러져 운신을 못ᄒ거놀 불샹이 넉여 잡아다가 조긔 겁딜노 샹혼 발목을 ᄡᆞ미고 온갓 즘ᄉᆼ을 다 자바 먹여고 슈련(垂憐)[2]ᄒ더니 오라디 아녀 볼목이 이혀 느라가 ᄉᆞᆺ기롤 쳐 가더니

───────────

2 수련(垂憐): 가련하게 여겨 돌보다.

금은보화가 나온 흥보의 박

명년 츈의 흥뵈 남글 뷔여다가 풀고 도라와 비 골파 견디지 못ᄒᆞ여 봉당의 누엇더니 졔비 요란이 지져괴거ᄂᆞᆯ 고히이 넉여 눈을 쪄보니 졔비 박씨 ᄒᆞ나흘 므러다가 주거ᄂᆞᆯ 바라보니 박씨의 ᄡᅥ시되 보은표(報恩瓢)라 하여시니 고이히 넉여 심그니 과연 나며 너츌¹이 셩ᄒᆞ여 크기 두멍²갓치 열두 통이 여려시니 신긔히 넉여 팔월 초슌의 박을 ᄯᅡ노코 기쳐롤 드리고 안저 톨시 ᄒᆞᆫ 통을 쩌긔치니 은 수만 냥이 드러시니 크게 놀나 ᄯᅩ 두 통지 ᄐᆞ니 황금이 수만 냥이오 세 통지 ᄐᆞ니 빅금

---

1 너츌: '넌출'의 함경도 사투리. 길게 뻗어나가 늘어진 식물 줄기를 뜻한다.
2 두멍: 물을 많이 담아 두고 쓰는 큰 가마나 독.

이 수만 냥이오 네 통지 트니 돈이 수만 냥이 드러더
라. 드숫 통지 트니 막 쎄긔치며 텬디 아득ᄒ여 디쳑
을 분간치 못ᄒ더니 이윽게야 일기 쳥명ᄒ며 큰 기야
집 여든아홉 간이 잇ᄂᄃ 현판의 크게 써시되 흥보의
집이라 ᄒ여시니 흥보 부쳬 챠경챠희(且驚且喜)ᄒ여
대쳥의 놉히 안저 여숫 통지 트니 븩옥긔물이 무수히
드럿고 일곱 통지 트니 놋긔명 은반상이 ᄀᆞ득히 드럿
고 여듧 통지 트니 명지비단이 ᄀᆞ득히 드럿고 아홉 통
지 트니 무명 모시뵈 ᄀᆞ득히 드럿고 열 통지 트니 계
집죵 스믈이 니ᄃ라 마루 아릐 업드려 왈,

"쇼인들 현신ᄒᄂ이다."

ᄒ니 더욱 고히이 넉여 열ᄒᆞᆫ 통지 트니 사나희 죵
열두스시 니ᄃ라 ᄆᆞ당의 업드리니 더욱 신긔ᄒ여 마
ᄌᆞ막 통을 ᄆᆞᄌᆞ 타니 박 속의셔 고은 계집 ᄒ나히
니ᄃ라 다홍치마의 초록져고리 입고 절ᄒ여 왈,

"나ᄂ 셔방님 쳡이러니 아기시고 뵈ᄂ이다."

하니 쳐 심시 대로ᄒ여 도라안저 왈,

"쳡은 어인 쳡고?"

흥뵈 쇼 왈,

"ᄌᆡ물이 만ᄒ니 쳐쳡을 ᄀᆞ초 두미 아니 됴ᄒ냐?"

ᄒ고 무수히 위로ᄒ고 삼간 안방의ᄂ 안히 들고 두

간 큰방의는 어미 들고 쟈근 샤랑 뒷방의는 첩 드리고
큰샤랑은 아비 들고 듕샤랑은 홍뵈 들고 쟈근샤랑 초
당은 네 아들 너허 두고 아히죵 열 어룬죵 넷 안해 방
의 슈쳥ᄒ고 아히죵 다ᄉ 어미 방의 슈쳥ᄒ고 첩 ᄒ나
주다. 논 쳔셕딕이 사고 밧 오빅셤디기 사니 부귀ᄒ긔
셕슝 굿ᄒ니 보ᄂ 니마다 춤이 므ᄅ더라.

놀보의 악행

 놀보는 일년 일도의 어버이 혼번 츳는 일 업시 쳐부모 봉양만 극딘이 ᄒ더니 흥보의 이 소문을 듯고 크게 놀나 허실을 알녀 ᄒ여 와보니 일가 대각(待客)¹이 골 안히 즘북혼듸 난간단쳥과 삼층치계예 연못 연졍(蓮亭)이 보던 바 처음이라. 듸참듸경ᄒ나 겨오 딘뎡ᄒ여 열두 듸문으로 드러 어미 방을 ᄎ자가니 흥뵈 부모를 뫼시고 네 아들과 쳐쳡을 거ᄂ리고 죠반을 먹거놀 별 곳흔 놋반샹과 돌 갓튼 은반상의 아니 ᄀ즌 음식이 업ᄂ듸라. 놀뵈 듸경 왈,

---

1 대각: '대객(待客)'의 평안북도 사투리.

"네 져 어인 일고?"

흥뵈 쇼 왈,

"형은 놀나디 말고 이 음식을 어더 먹으라."

후고 손을 잇그러 안치거늘 놀뵈 젼일을 싱각고 무안참괴(無顔慙愧)후나 겨오 참아 음식을 어더 먹고 시근(始根)을 무르니 흥뵈 ᄌ초지종을 졀〃이 니르니 놀뵈 듯고 대희ᄒᆞ여,

"나도 그리 ᄒᆞ리라."

후고 도라와 명년(明年) 츈졍월(春正月)브터 강남 다히롤 ᄇᆞ라보고 셧다가 기럭이와 오쟉(烏鵲)이 나라가는 양을 보면 졔비님이 오신다 ᄒᆞ마니 기드리두가 곳가이 오면 ᄌᆞ셔히 본죽 가막가치라. 이러툿 ᄒᆞ연디 두 돌이나 디난 후 삼월 삼일날[2] ᄒᆞᆫ 쌍 졔비 ᄂᆞ라오거늘 올무롤 노하 ᄒᆞ나흘 잡아 무릅흘 ᄃᆞ히고[3] 볼목을 작근 분질너 노코 조긔 거풀을 ᄃᆞ히고 온갖 비단을 겹〃이 ᄃᆞ혀 ᄡᆞ이고 ᄇᆞ람벽의 흙을 닭의 둥우리만치 부쳐 딥을 짓고 온갖 고기를 다 먹여고 슈련(垂憐)ᄒᆞ더니 석 돌만의 볼목이 이히며 놀라가ᄂᆞᆫ디라. 놀뵈

---

2 삼월 삼일날: 음력 삼월 초사흗날. 9월 9일에 강남 갔던 제비가 돌아온다는 날이다.
3 ᄃᆞ히고: 대고. '다히다'는 '대다'의 옛말.

날마다 박씨 무러 오기룰 기두리더니 오월 단오날 제
비와 지저괴거놀 반겨 니두르보니 박씨 후나흘 무러
다가 주니 급히 바다 보슈표(報讎瓢)라 후거술 겁결의
보조(報字)만 보고 심그니 기체 왈,

"오월의 박을 심거 무엇홀고?"

놀뵈 쇼 왈,

"보은표(報恩瓢)룰 어더보고 묵일가?"

후고 심것더니 삼일 만의 박이 나며 너른 밧히 너츌
이 フ득후여 열두 통이 열어 크기 금족후여 두멍 굿흐
니 놀뵈 들낙날낙후며

"져 통의도 보물이 들고 이 통의도 보물이 드러시니
유복홈도 유복홀샤. 셰샹의 날 굿치 유복후니 쏘 어디
이시랴?"

후고,

"져 박의 든 보물을 다 니여 뽓흐려 후면 집 디엿간
을 더 지어야 후리라."

후고 집 지목을 사니 남기 금족이 빗싸 이뵉 냥의
나모 사고 디워다 스술 다혀 열흘만의 모츠니 슈공(手
工) 뵉냥 주니 삼뵉 냥이 드러더라. 놀뵈 기쳐두려 슐
열 말만 후라 후니 쳬 왈,

"술을 그리 만히 후여 무엇후리오?"

ᄒ니 놀뵈 우겨 시기고 썩 혼 셤 ᄒ고 슈인 냥 즈리 소 둘 잡히고 박을 다 ᄯ 노ᄒ니 뉵간 디쳥과 너른 마당의 그득ᄒ니 놀뵈 디희ᄒ여 오르락 나리락 ᄒ며,

"이 통의도 보물이 ᄀ득ᄒ고 져 통의도 보물이 ᄀ득ᄒ니 유복홈도 유복홀샤. 어셔 타쟈."

ᄒ니 쳬 쇼 왈,

"쥬육(酒肉)이나 더러먹고 투미 엇더ᄒ뇨?"

놀뵈 쇼 왈,

"져 박의 든 보물을 ᄉᆡᆼ각ᄒ면 속이 든〃ᄒ니 엇디 미리 쥬육을 먹으리오?"

썩 다숫 시루를 좌우로 쪄 노코 닷 냥 주고 대톱 사고 석 냥 주고 쇼톱 사고 부쳬 안져 톨 시 쳬 왈,

"부졀 업시 짓물을 허비ᄒ는도다."

놀뵈 쇼 왈,

"져 박의 든 보물이 몃만 금이 든 줄을 모르거놀 죡히 엇디 조심ᄒ리오? 어셔 박이나 타쟈."

박에서 나온 옛 상전에게
신공을 바치다

ᄒ고 어유와 소리 디르며 톱딜ᄒ기를 못고 박을 쎅 의치니 ᄒᆞᆫ 냥반이 파립(破笠) 쓰고 츄포(麤布)[1] 닙고 ᄂᆡᄃᆞ라셔며 눈을 부릅써 왈,

"네 어이 샹젼을 보되 졀ᄒᆞ디 아닛ᄂᆞᆫ다?"

놀뵈 대경 급비(急拜) 왈,

"쇼인은 본듸 양민이라 샹젼이 업ᄂᆞ이다."

박니 고셩대로(高聲大怒) 왈,

"네 한미부터 듹죵[2]으로셔 일졀이 공션(貢膳)[3]을 아녓노니 네 불연죽 닉 평양 셔윤(庶尹)을 보아 너롤 죽

---

1 추포(麤布): 발이 굵고 바탕이 거친 베.
2 댁종: 어떤 집에 드나들며 사는 종.

이고 네 집의 불을 노하 젼답문셔룰 다 가져가리라.”

흐니 놀뵈 대경복지 왈,

“공션[3]은 쳐분딕로 흐올 거시니 몬져 쥬육이나 줍습
게 흐소셔.”

흐고 소 흐나 쌀믄 것과 쩍 흔 시루와 쳥쥬 네 놋동
의룰 주니 박닉 눈결의 다 먹고 공물을 발긔[4]흐니, 대
단(大緞)[5]과 모단(毛緞)[6]과 항나(亢羅)[7]의 대경이오, 모
탑의 공단(貢緞)[8]과 능기쥬(綾綺紬)[9] 슈화(繡畫)와 쇼
능(小綾)의 쌍문쵸(雙紋綃)[10]와 ᄉ쵸(紗綃)의 슉쵸(熟
綃)[11]와 졍답쥬의 낭능(浪綾)[12]과 져ᄉ(紵絲)[13]의 져쥬

---

3 공선(貢膳): 노비가 제구실을 하지 않을 때 그 대가로 바치던 물건. 신
공(身貢).

4 발기(發記): 물품의 목록과 수량을 열기한 문서.

5 대단(大緞): 표면이 부드럽고 광택이 나면서 매끄러운 비단의 종류를
단(緞)이라고 한다.

6 모단(毛緞): 중국 우단(羽緞)의 한 종류. 우단은 거죽에 짧고 고운 털이
촘촘히 돋게 짠 비단(벨벳)을 말한다.

7 항라(亢羅): 명주, 모시, 무명실 따위로 짠 피륙의 하나. 씨를 세 올이나
다섯 올씩 걸러서 구멍이 송송 뚫리게 짠 것으로, 여름 옷감으로 적당
하다.

8 공단(貢緞): 두껍고, 무늬는 없지만 윤기가 도는 고급 비단.

9 능기주(綾綺紬): 재질이 부드럽고 정교하며, 촉감이 매끄러워 주로 이
불 등의 원단으로 쓰이는 비단.

10 쌍문초(雙紋綃): 좌우 대칭으로 쌍조(雙鳥)나 쌍압(雙鴨) 등의 문양을
넣어 짠 비단.

(紵紬)[14]와 겹수(絲)의 동의쥬(胴衣紬)와 표리쥬의 닉
쥬(內紬)[15]와 빅져포(白紵布)[16]와 북포(北布)[17]와 삼승
(三升)[18]의 셰목(細木)[19] 각(各) 다숫 동[20]식 후고, 대우
(大牛) 열 필(匹), 대무(大馬) 열 필(匹), 졔무(濟馬)[21]
열 필(匹), 노새 열 필(匹), 버시[22] 열 필(匹), 당닉귀 열
필(匹), 되야지 여듦, 개 열 마리, 괴 다숫, 큰 쥐 일곱,
새향쥐 다숫, 주웅(雌雄) 계(鷄) 스믈, 미 다숫과 민어
(民魚) 다숫, 슈어(秀魚) 다숫, 노어(鱸魚) 일곱, 대구
(大口) 셋, 홍어(洪魚) 아홉, 갈치 스믈, 가오리 다숫,

---

11 숙초(熟綃): 염색 안 한 실로 얇고 성기게 짠 비단.

12 낭릉(浪綾): 물결같이 경사진 무늬가 비치는 비단. 얇고 광택이 있어 속
바지나 보자기 원단 등으로 쓰인다.

13 저사(紵紗): 비교적 거친 느낌의 비단실로, 염색한 상태에서 직조한다.

14 저주(紵紬): 조금 거친 비단의 하나로, 모시실과 명주실을 섞어 짠 것도
있다. 주로 평상복 원단으로 쓰인다.

15 내주(內紬): 품질이 나빠 겨우 안감으로밖에 못 쓰는 명주(明紬).

16 백저포(白紵布): 잿물에 담갔다가 솥에 쪄내어 빛깔이 하얀 모시.

17 북포(北布): 조선시대, 함경북도에서 생산하던 올이 가늘고 고운 삼베.

18 삼승(三升): 석새삼베. 올의 날실로 짠 베라는 뜻으로, 성글고 굵은 베
를 일컫는다.

19 세목(細木): 올이 가늘고 고운 무명.

20 동: 물건을 묶어 세는 단위.

21 제마(濟馬): 제주도 말.

22 버새: 수말과 암탕나귀 사이에서 난 일대(一代) 잡종. 외모는 당나귀와
비슷하고 노새보다 체질과 체격이 떨어진다.

가물치 넷, 댱디[23] 다섯, 승대 일곱, 믈치[24] 아홉, 고등어 다섯, 방어(魴魚) 여듧, 광어(廣魚) 다섯, 우여[25] 다섯, 청어(靑魚) 다섯, 조긔 다섯, 젼어(錢魚) 다섯, 병듕어[26] 다섯, 긔당이[27] 스믈, 금이어[28] 셋, 붕어 스믈, 송샤리 다섯, 대합(大蛤) 다섯, 쇼합(小蛤) 다섯, 젼복(全鰒) 다섯, 홍합(紅蛤) 스믈, 대하(大蝦) 일곱, 준치 다섯, 세하(細蝦) 삼십, 신스리[29] 둘, 댱치[30] 셋, 댱어(長魚)[31] 다섯, 병어 다섯, 가잠이 스믈, 가오리 스믈, 반당이 여섯, 황셕어(黃石魚) 넷, 명틱 다섯, 멸치 다섯, 믓게[32] 스믈, 꼬게 다섯, 쳥게 일곱, 방게 여듧, 하란(蝦卵)[33] 두 근(斤), 셕난(石卵)[34] 서 근(斤), 어란(魚卵) 너 근

---

23 장대: 양태(양탯과의 바닷물고기)의 사투리.
24 믈치: 다랭이과의 물고기.
25 우여: 웅어(멸칫과의 물고기)의 함경도 사투리.
26 병중어: 미상.
27 긔당이: 꺽정이 또는 거등해(苣藤蟹, 털이 없고 맛이 좋은 참게의 일종).
28 금이어: 누치(잉엇과의 민물고기)의 평안북도 사투리.
29 까사리: 우뭇가사리.
30 장치: 줄꽁치(학꽁칫과의 바닷물고기)의 함경도 사투리.
31 장어(長魚): 뱀장어.
32 믓게: 바닷가 풀밭이나 숲속에 구멍을 파고 산다.
33 하란(蝦卵): 새우의 알.
34 셕란(石卵): 조기의 알.

(斤), 쇼라 다숫 근(斤), 댱[35] 셋, 빙어 일곱, 히란(蟹卵)[36] 두 근(斤), 비얌 다숫, 구렁이 셋, 독샤(毒蛇) 일곱, 오샤(烏蛇)[37] 셋, 빅스(白蛇) 둘과 쥐며느리잇디 ᄒ고 은반상(銀飯床) 다숫, 놋반상(飯床) 다숫, 사반상(沙飯床)[38] 열, 대아 여숫, 요강 여숫, 놋두멍 셋, 놋동의 다숫, 가마솟 다숫, 큰솟 다숫, 옹솟[39] 다숫, 탕관(湯罐)[40] 다숫, 노고[41] 다숫, 발쳘[42] 다숫, 시옹[43] 다숫, 퉁노고[44] 다숫, 젼갑(箭匣)이 다숫, 시칼 다숫, 쟈근 칼 다숫, 쟝도(長刀) 다숫, 협도(鋏刀)[45] 다숫, 댝도(斫刀) 다숫, 쳘편(鐵鞭) 둘, 창(槍) 셋, 활 스물, 살 삼빅 독, 가마 둘, 초교(草轎)[46] 셋,

---

35 뎡(鯉): 가리맛조개로 추정되나 미상.
36 해란(蟹卵): 게의 알.
37 오사(烏蛇): 누룩뱀.
38 사반상(沙飯床): 사기(沙器)로 만든 반상기.
39 옹솥: 작고 오목한 솥 혹은 옹기로 만든 솥.
40 탕관(湯罐): 국을 끓이거나 약을 달이는 자그마한 그릇.
41 노구: 노구솥. 놋쇠나 구리쇠로 만든 솥.
42 발쳘: 번철(燔鐵). 지짐질을 할 때 쓰는 무쇠로 만든 조리도구.
43 새옹: 놋쇠로 만든 작은 솥. 손님이 찾아와 급히 밥을 지을 때 주로 썼다.
44 퉁노구: 작은 가마로 새옹과 비슷하나 바닥이 평평하고 양쪽에 손잡이가 있다.
45 협도(鋏刀): 한약재를 써는 손작두.
46 초교(草轎): 삿갓가마. 예전에 초상(初喪) 중에 상제가 탔다. 흰 휘장이 둘러 있다.

남여(籃輿)⁴⁷ 셋, 덩⁴⁸ 혼아싀지 졍결(淨潔)이 싀며 드
리라 ᄒ고 대댱디(大壯紙) 석 동, 후디(厚紙) 석 동, 빅
지(白紙) 넉 동, 간지(簡紙)⁴⁹ 닷 동, 시필(細筆) 석 동,
초필(抄筆) 두 동, 먹 닷 동싀디 젹어니니 그 밧 수룰
이로 긔록지 못ᄒ나 대댱지(大壯紙) 넉 장의 독(足)히
볼긔 ᄒ여니니 놀뵈 홀 일 업서 이날이 마츰 평양 댱
날 일너니 쳔셕딕이 문셔(文書)룰 잡히고 그 수디로
다 ᄒ여니니 박뇌 젼후(前後)의 실니고 니ᄃ라 가거놀

47 남여(籃輿): 뚜껑이 없는 작은 가마.
48 덩: 궁에서 여성이 타는 가마를 일컫는 말. 사방이 막혀 있고 지붕이
   있다.
49 간지(簡紙): 두껍고 품질이 좋은 편지지.

계속 박을 탔더니

　놀뷔 딕로(大怒)ᄒ여

　"아모커나 이 박이나 ᄆᄌ 타보자."

　ᄒ니 기계 머리를 흔드러 왈,

　"ᄯ 여긔셔 샹젼(上典)이 나면 무어스로 공션을 ᄒ리오?"

　놀뷔 쇼 왈,

　"이 통의눈 짐짓 보물(寶物)이 드너시니 념녀(念慮) 말고 어셔 타압시. 앗가눈 계집 사룸이 쇼릭룰 너모 크게 ᄒ야 마(魔)의 글어 그런 법(法)이 이시니 이번을 낭 살금〃 줄 타보쟈."

　ᄒ니, 쳬 마지못ᄒ여 슬금〃 투더니 박을 막 쎡의치

며 박 속으로셔 혼 놈이 헌 벙거지의 서 푼ᄿ리 치직 들고 니ᄃ라 셔며 왈,

"우리 명싱원(生員)님 종츌 후 와 계시더니 어디 가 계시뇨?"

놀뵈 왈,

"나는 아디 못ᄒ노라."

종놈이 소리 질너 왈,

"분명(分明)이 큰일이 나시니 평양 관(官)의 경ᄒ여 결단(決斷)ᄒ리라."

놀뵈 대경(大驚) 왈,

"과연(果然) 앗가 공션을 부다가디고 가 계시니라."

종 왈,

"연즉(然則) 날을 빅 냥을 주면 무ᄉ케 ᄒ리라."

ᄒ거놀 놀뵈 즉시 빅 냥을 주니 바다가지고 도라가거놀 놀뵈 어히 업셔 ᄀ로되,

"아모리면 오죽홀 것 아니〃 이 통을 마자 ᄐ보쟈."

ᄒ니 기톄 실식(失色) 왈,

"음아, 무셔웨라. 나는 못ᄒ겟네."

놀뵈 쇼 왈,

"이번을낭 살금〃 잘라보쟈."

ᄒ고 기쳐룰 두리고 안져 살금〃 비러 왈,

"샹젼(上典)을낭 나지 말고 은금(銀金) 보화(寶貨) 삼기쇼셔〃."

빌긔롤 그치고 귀롤 기우려 드르니 박 속의셔 슉덕〃 ᄒ더니 ᄒᆞᆫ듸 노리 흔픠 니드라 온갖 스술 다ᄒ며,

"돈 삼ᄇᆡᆨ 냥을 ᄒᆞ여 주면 무ᄉᆞ(無事)ᄒ고 그러치 아니면 네 집의 불을 노코 너롤 죽이리라."

놀뵈 대경(大驚)ᄒ여 즉시 삼ᄇᆡᆨ 냥을 ᄒᆞ여 주니 가디고 가거놀 놀뵈 쇼 왈,

"범ᄉᆡ(凡事) ᄉᆞᆽ치 잇ᄂᆞ니 아모커나 져 통이나 ᄆᆞ자 타보자."

ᄒ니 기톄 왈,

"덕분의 그만ᄒ여 그치라."

놀뵈 쇼 왈,

"이번을낭 살작〃 잘 타보쟈."

ᄒ고 살작〃 비러 왈,

"졔발 덕분의 보물 만히 삼기쇼셔."

빌긔롤 못고 드루니 박 속의셔 슛두어리더니 불안당 ᄒᆞᆫ 쎄 니드라 온갖 긔명(器皿)을 다 서루쳐 가디고 가거놀 놀뵈 디로(大怒)ᄒ여 제 쳐롤 도니여 가루되,

"아모리면 오죽ᄒ올 것 아니니 놉은 박이나 다시 ᄐᆞ쟈."

ᄒᆞ니 쳬 비러 왈,

"나ᄂᆞᆫ 죽어도 못ᄒᆞ게시니 덕분의 그만ᄒᆞ여 그치
라."

놀뷔 쇼 왈,

"대댱뷔(大丈夫) 그만 일을 겁ᄒᆞ랴. 내 혼자 ᄒᆞ리
라."

ᄒᆞ고 쇼톱 가지고 안저 ᄐᆞ니 혹 샤당의 패도 들고
혹 귀신(鬼神)의 쎄도 들고 혹 돗갑의 쎄 드러시니 ᄒᆞᆫ
골ᄀᆞ치 날쒸여 집안 긔물(器物)을 낫〃치 다 거두쳐
가고 안팟 솟거디 다 쎄혀가니 놀뷔 분연(憤然)ᄒᆞ여
열ᄒᆞᆫ 통ᄌᆡ 다 그어 노코 안저 ᄐᆞ더니 박 속의셔 딍〃
거리ᄂᆞᆫ 쇼릭 나며 홀연(忽然) 굿무당 ᄒᆞᆫ 쎄 니ᄃᆞ라 ᄉᆞ
면(四面)으로 날쒸며 소리 딜너 글오되,

"삼ᄇᆡᆨ금(三百金)을 주어야 무ᄉᆞ(無事)ᄒᆞ디 그러 아
니면 너ᄅᆞᆯ 죽이리라."

놀뷔 황겁(惶怯) 답 왈,

"앗가 온 져 여러 힝ᄎᆞᄅᆞᆯ 다 츌우고 식졍(食鼎)도 업
시 집 밧긔 놈은 거시 업시 홀일 업노라."

ᄒᆞ니 굿무당이 방울을 흔들며 놀쒸여 ᄀᆞ로되,

"이 무상불측(無狀不測)ᄒᆞᆫ 놈아. 누거만ᄌᆡ(累巨萬
財)ᄅᆞᆯ 가디고 어버이, 동셩의게 셰울락이 ᄒᆞ아 드린

것 업고 놈의게 물 혼 슐 조흔 일 ᄒᆞ디 아니코 셰상의
너 굿흔 놈 업ᄉᆞ니 내 네 집의 불을 노코 너룰 죽이리
라."

ᄒᆞ니 놀뷔 대겁(大怯)ᄒᆞ여 집 셜흔 간(間)을 쩨혀 ᄑᆞ
라 돈 삼ᄇᆡᆨ 냥을 ᄒᆞ여 주니 집 안을 다 휩쓰러 가지고
가거늘

박국 먹고 당동

놀뵈 어히 업서 글오디,

"비 골푸니 져 박을 갓다가 살마오라."

쳬 노 왈,

"그 만흔 지물을 다 파산ᄒ고 와락 이 ᄒ나 눔은 것시 비 골픈 줄은 어이 아ᄂ뇨? 박 투서 시작된 쥬육과 썩이나 어더 먹쟈ᄒ니 그ᄂ 아니ᄒ고 즉금 박국을 ᄯᆯ히라 말이 어드려셔 ᄂ뇨?"

놀뵈 쇼 왈,

"쥬육과 썩을 그만치나 댱만ᄒ엿기 그 만흔 손님ᄂ를 디졉ᄒ여 보니엿지, 그러치 아니헌들 무어ᄉ로 디졉ᄒ여시리오. 잡말 〃고 어셔 박국을 ᄯᆯ히라."

체 즉시 나가 이웃집의 가 노고와 칼흘 어더다가 국을 쓰려 노코 죠박¹으로 쪄 무술 보더니,

"우에 당동."

호거놀 놀뵈 꾸지져 왈,

"계집 사룸이 박국 먹고 당동은 어인 일고. 늬 뭇보리라."

호고 훈 머금을 훌적 마시더니,

"어이 당동 고이호다."

호니 놀보의 쳐뫼(妻母) 여든 셋 먹은 거시 잇더니 박 속의 잡짓들의게 놀나 혼이 쪄 훈 구먹의 업드여더니 쓸과 사회 '당동'호는 소리를 듯고 곱수리고 늬아다가 보며 무러 왈,

"아희들 당동은 어인 일고."

놀뵈 왈,

"그저 당동이 아녀 박국 먹고 당동이로소이다."

호니 쳐뫼,

"늬 뭇보리라."

호고 달나 호여 이 다 쎅던 입을 오고리고 홀작 마시더니,

---

¹ 죠박: 표주박. 조롱박이나 둥근 박을 절반으로 쪼개어 만든 작은 바가지.

"이고 당동 고이ᄒ다."

ᄒ거놀 놀뵈 대경 왈,

"집안이 박국 먹고 당동ᄒ니 이거시 아마 동증[2]이라."

ᄒ야

"죤의(典醫)[3]딕의 가 논병(論病)ᄒ야 무르리라."

ᄒ고 즉시 죤의 딕의 가 음식 드리고 고 왈,

"쇼인이 여ᄎᄎ 이 박국을 끌혀 먹습고 집안이 다 당동 병을 어더쓰니 싱원님 덕분을 입ᄉ와 무ᄉ 약을 먹어야 죠쓰오리잇가. 덕분을 ᄇ라ᄂ이□."

ᄒ니 죤의 냥반 홍싱원이 듯고 일너 왈,

"네 그리면 그 박국을 가져오라. ᄒ 고이ᄒ니 내 뭇 보리라."

ᄒ거놀 놀뵈 즉시 갓다 드리니 죤의 냥반이 바다 ᄒ 머금을 훌젹 마시더니

"이샹 당동 고이ᄒ다."

호령쥬로,

"이놈 당동 괘심 당동 싱심 당동!"

벽역ᄀᆺ치 니ᄅ거놀 죤의 냥반의 아돌이 눈을 부릅

---

2 동증: 동티. 부정 타서 생긴 병.

3 전의(典醫): 조선시대 궁중의 약을 담당하던 곳.

쓰고 소리딜너 놀보롤 잡아 느리오라 ᄒᆞ여 소리롤 벽녁ᄀᆞᆺ치 ᄒᆞ여 호령ᄒᆞ야 왈,

"네 괘심ᄒᆞᆫ 놈! 조흔 양으로 고이ᄒᆞᆫ 당동 병을 어더다가 우리 싱원님긔 드리니 이놈 보아라. 네 약갑 이 빅 냥을 ᄒᆞ여 드려야 싱원님 당동 병환을 고치고 네 죄롤 샤ᄒᆞ리라."

ᄒᆞ니 놀뵈 황겁복지 왈,

"쇼인이 박귀롤 붓들녀 가산을 탕피ᄒᆞ야 집 간도 큰 치는 풀고 즉금 이빅냥 ᄌᆞ리 열다ᄉᆞᆺ 간이 나맛슬니 집 문셔롤 드릴 거시니 ᄑᆞ라셔 싱원님 당동 병환의 약갑 술 ᄒᆞ쇼셔."

ᄒᆞ니 존의 냥반이 문셔롤 밧고 노하 보니니라.

덕수 장씨 시조가 된 흥보

놀뵈 일호 디기(知己)업고 힝낭 혼 간이 업스니 싱계 망단(望斷)ᄒ여 빌어먹으려 나가니 흥뵈 이 소문을 듯고 불상이 넉여 다려다가 격간[1]의 너코 의식을 혼 가디로 ᄒ니 놀보 부체 고마와 ᄒ더라. 흥보논 인ᄒ여 개다리츌신[2]ᄒ고 호반(虎班) 급뎨ᄒ여 물망 하놀 곳고 ᄌ손이 졈〃 창셩ᄒ야 대〃로 문무과롤 ᄒ니 덕슈댱시(德水張氏)[3]의 시조가 되어 ᄌ〃손〃이 영귀ᄒ니라. 연츳로 셰샹의 젹션과 젹악이 엇디 현격지 아니ᄒ리오.

---

1 격간: 집의 본채에 딸려 붙은 곳.
2 개다리츌신: 예전에 무과(武科)에 급제한 사람을 낮추어 보아 이르던 말.

붓도 하 흉악ᄒ니 쓸 슈가 업다. 비록 잡셜직담이나 심〃홀 적 파젹은 되염죽ᄒ여 벗겨시나 괴약츄필의 셩ᄌ(成字)가 못 되어시니 보기 폐롭도다. 연이나 보시ᄂ 니 웃디 마ᄅ.

此冊吾家之愛物也. 覽者勿汚也.

을묘 츅월(丑月) 십닐의 비ᄒ로라. 경암의 필지라.

글시도 아음답다.

글시도 알음답고 귀홉도 하다.

달마다 한 권 칙을 쓰고 날마다 한 권 칙을 보면 ᄌ연이 늘 거시니 그리히 ᄒ여도 졍신이 업시ᄒ면 헛 것 되ᄂ니 부디 졍신드려 ᄒ소셔. 쳔만 번 이거셜 □□□ 게 ᄒ소셔.

---

3   덕수장씨(德水張氏): 황해도 개풍군의 옛 지명인 덕수(德水)를 본관으로 하는 성씨로, 시조는 고려 충렬왕 때 귀화한 위구르계 장순룡(張舜龍)이라 전한다. 조선시대 인물로는 신풍부원군 장유(張維)가 있다. 장유의 딸은 효종에게 출가한 인선왕후다.

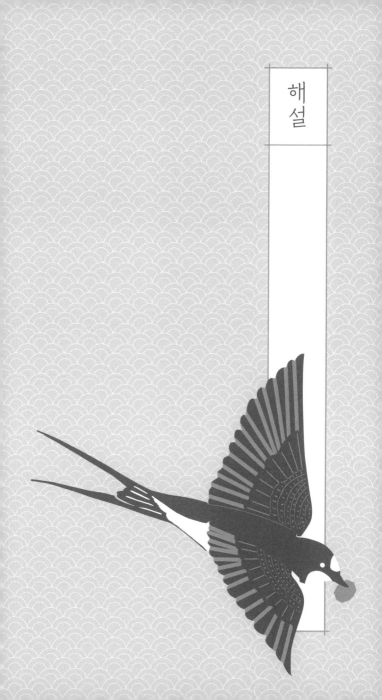

해설

『흥보만보록』의 형태

『흥보만보록』은 송준호 연세대학교 명예교수가 소
장하고 있는 『흥부전』의 이본이다. 송준호 선생님은
우암 송시열의 후손으로, 『흥보만보록』은 은진 송씨
집안에서 대대로 내려온 자료라 한다.[1] 『흥보만보록』
이라는 제목에서 '만보'의 한자는 확실하지 않은데,
고서의 제목을 붙이는 사례들을 살펴보면 '한가롭게

---

[1] 송준호 선생님은 『흥보만보록』을 성균관대학교 한문학과의 안대회 선
생님께 소개해주셨고, 안대회 선생님은 이 자료를 필자의 지도교수인
서울대학교 국어국문학과의 정병설 선생님께 소개해주셨다. 정병설
선생님께서는 『흥보만보록』의 가치를 알아보고 필자가 연구를 할 수
있도록 기회를 마련해주셨다. 이 자리를 빌려 감사드린다.

거닐다'를 뜻하는 '만보漫步'가 유력해 보인다.[2] 이렇게 본다면 『흥보만보록』이라는 제목은 곧 '흥보에 관해 한가로이 거닐듯 남긴 기록' 정도의 의미다.

『흥보만보록』이 실린 책자는 원래 1828년도의 책력冊曆, 책자 형태로 된 달력이었는데, 여기에 소설을 필사한 것이다. 오늘날의 책과 달리 고서는 한 장의 종이를 반으로 접어서, 두 끝부분이 책등을 이루도록 묶어서 만들었다. 그래서 각 장 겉쪽에는 글씨가 있고, 안쪽은 백지 상태로 남아 있었다. 그런데 고서는 쓸모가 없어지면 종잇장의 접힌 쪽을 뜯어 안쪽 백지까지 활용하는 경우가 많았다.

『흥보만보록』이 적힌 책력도 이렇게 재활용된 경우다. 애초에는 15장, 30면으로 이루어진 책력이었는데, 누군가 접힌 부분을 뜯어 30장, 60면으로 만들었다. 앞의 38면까지는 『박응교전』이, 39면부터 60면까지는 『흥보만보록』이 필사되어 있다. 원래 책력이 인쇄돼 있던 면에도 글자를 덧씌워 필사해놓았는데, 먹빛이 짙어 글자 판독에 큰 어려움은 없다. 필체는 처음부터 끝까지 일정한 것으로 보아 한 사람

---

2 『흥보만보록』의 제목에 관해서는 서울대학교 중어중문학과 이창숙 선생님, 한국학중앙연구원 김종서 선생님께서 가르침을 주셨다.

이 필사한 듯하다. 1면당 대략 10~12행, 1행당 20~25자가 필사돼 있으며, 『홍보만보록』의 분량은 약 5,750자다.

필사 시기

『박응교전』이 끝나는 부분에는 다음과 같은 필사기가 있다.

> 계사년 음력 11월 어느 날 허름한 붓으로 쓰기를 마치다. 가뜩이나 기괴(奇怪)하고 황잡(荒雜)한 글씨에 허름한 붓으로 책력(冊曆)에 쓰니, 더욱 해괴망측(駭怪罔測)하나 정을 두고 예쁜 듯이 보시옵소서.[3]

위 필사기를 통해 『박응교전』의 필사 시기가 계사년 중동仲冬, 곧 음력 11월 무렵 어느 날임을 확인할 수 있다. 필사자는 이 자료가 원래 책력으로 쓰이던 책자를 활용해 허름한 붓으로 필사했으니 해괴망측

---

3 세진(歲在) 계스(癸巳) 듕동(仲冬) 일 막필 종셔(終書)ᄒ다. 굿득 기괴 황잡ᄒ 글시의 막필노 칙녁의 흐리오니, 더욱 ᄒ괴망측ᄒ나 졍을 두고 예본ᄃ시 보시옵쇼셔.

하지만 그래도 정情을 두어 예쁘게 보아달라는 겸양
의 말도 덧붙여놓았다. 위 기록은『박응교전』에 대한
것이지만,『박응교전』과『홍보만보록』의 필사 방식과
필체, 먹빛이 동일하고 두 작품이 연속적으로 필사되
어 있는 점으로 미루어 볼 때, 필사 시기가 크게 차이
나지 않을 것으로 보인다. 그러므로『홍보만보록』역
시 계사년 음력 11월로부터 그리 멀지 않은 시기에
필사되었으리라 추정한다.

　그렇다면『박응교전』의 필사기에 언급된 계사년은
언제일까?『박응교전』과『홍보만보록』은 1828년도
책력 위에 필사돼 있다. 그러므로 필사기의 계사년은
책력이 만들어진 1828년 이후, 즉 1833년과 1893년
둘 중 하나일 것이다.

　한편 책자 표지에는 "돌아가신 할머니 양씨의 필적
祖妣梁氏筆蹟"이라고 적혀 있는 점이 눈길을 끈다. '할
머니 양씨'는『은진 송씨恩津宋氏 정간공貞簡公 봉곡파보
鳳谷派譜』에 기록된 송흠부宋欽夫, 1769~1808의 첫째 부인
남원 양씨南原梁氏다.[4] 남원 양씨는 1766년에 태어나

4　인쇄본 『봉곡파보』의 기록에는 양씨의 몰년이 을축(乙丑, 1805)으로
　되어 있다. 그러나 소장자 가문의 족보 필사본을 확인한 결과 이는 기
　축(己丑, 1829)의 오기였다.

1829년에 세상을 떴으므로, 필사기의 계사년은 그녀의 생몰년에 포함된 1773년이 되어야 한다. 그러나 1773년은 책력이 만들어진 1828년보다 앞서므로 표지 기록을 사실이라고 볼 수 없다. 표지에 적힌 '돌아가신 할머니 양씨의 필적'은 착오일 가능성이 높다.

소장자에 의하면 표지 글씨는 소장자의 증조부인 송병희宋秉僖, 1845~1934의 친필이라고 한다.[5] 남원 양씨의 몰년은 1829년이고, 표지 문구를 적은 송병희는 1845년에 태어났다. 즉 송병희는 자신의 '돌아가신 할머니 양씨'를 직접 만난 적이 없을 뿐 아니라, 둘 사이의 시간적 상거도 상당하다. 송병희는 집안 대대로 전해오던 이 책을 보고, 누군가의 전언에 의지해 '돌아가신 할머니 양씨의 필적'이라고 적었을 가능성이 있다.

---

5 필자의 선행연구에서는 송병희의 몰년을 1874년으로 보았으나 이는 잘못이다. 이 책을 통해 몰년을 1934년으로 정정한다. 다만 『홍보만 보록』의 필사 시기가 1833년이라는 핵심 논지에는 변함이 없다. 『홍 보만보록』은 은진 송씨 가문에서 대대로 내려온 책인데, 이 책이 1893 년에야 필사되었다면 송병희가 자신의 나이 48세 때 필사된 책을 보고 '돌아가신 할머니 양씨의 필적'으로 여겼을 리 없기 때문이다. 김동욱·정병설, 「『홍부전』의 새 이본 『홍보만보록』 연구」, 『국어국문학』 179, 2017, 99쪽.

표지의 '돌아가신 할머니 양씨의 필적'이라는 기록은 사실로 보기 어렵지만, 이 글씨가 송병희의 친필이라는 소장자의 증언은 연대 추정에 중요한 단서가 된다. 이 책은 은진 송씨 집안에서 대대로 전해져온 것이다. 만일 『박응교전』과 『흥보만보록』이 1893년에야 필사되었다면, 송병희가 자신의 나이 48세 때 만들어진 책을 보고 '돌아가신 할머니 양씨의 필적'으로 여겼을 리 없다. 그러므로 이 책이 필사된 연도는 1833년으로 보는 것이 타당하다.

요컨대 『흥보만보록』은 1828년의 책력을 재활용해서, 1833년 음력 11월 무렵에 필사된 『박응교전』과 거의 비슷한 시기에 필사된 자료로 볼 수 있다. 표지의 '돌아가신 할머니 양씨의 필적'이라는 기록은 사실과 다르며, 지금으로서는 진짜 필사자가 누구인지 확실하지 않다.

『흥보만보록』의 특징

『흥부전』의 이본은 크게 경판본 계열과 신재효본 계열로 나눌 수 있으며, 각 계열의 대표 이본은 경판 25장본 『흥부전』과 신재효본 『박타령』이라 할 수 있다. 이들을 비교 대상으로 삼아『홍보만보록』의 특징을 논의한다면, 크게 아래 네 가지를 지적할 수 있을 것이다.

첫째, 『홍보만보록』은 평양 서촌을 배경으로 한다. 평양平壤 서촌西村은 지금의 평안도 평원군平原郡 순안면 일대를 말한다.[6] 지금까지 발견된 『홍부전』 이본들은 모두 삼남이나 장소를 정확히 비정할 수 없는 곳을 배경으로 했다. 경판본에서는 "경상, 전나 냥도 지경"이라 했고, 신재효본에서는 "충청, 전라, 경상 월품"에서 살다가 놀보에게 쫓겨난 후 홍부가 '복덕촌'의 빈집을 찾아 들어갔다고 했다. 다른 이본에서는 처음부터 '성현동 복덕촌'이라는 허구의 지명을 배경으로 삼기도 했다. 배경이 '평양 서촌'이라는 기록은『홍보만보록』에만 보인다.

지금까지는 경판본과 신재효본에 거론된 지명을 근거로 『홍부전』의 발상지를 전라북도 남원군으로

---

6 평양 서촌은 평양시 순안구역 일대의 옛 이름이다. 평양부의 서쪽에 있는 고장이라 하여 평양 서촌이라 했다. 1136년 서경을 개편할 때 순화현(順和縣)이 만들어졌고, 1396년에는 이름을 순안현(順安縣)으로 바꾸었다. 1914년 행정구역개편 때 평원군 순안면이 되었다가, 1972년 평양시 순안구역이 되었다. 조선 과학백과사전출판사·한국 평화문제연구소 공동편찬, 『조선향토대백과』1, 평화문제연구소, 2005, 320~322쪽.

추정했다.[7] 여러 『흥부전』 이본에서 전라도와 지리산 인근 지명이 가장 자주 등장하고, 홍보의 유랑 노정이나 전주 감영으로 매품 팔러 갔다 오는 대목 등을 참고해서 그렇게 추정했다. 현존하는 대다수 『흥부전』이 전라도 남원 인근을 주된 활동 무대로 하고 있음은 분명한 사실이다.

둘째, 홍보의 성이 '장씨'다. 홍보 부친의 성명은 '장천'이며, 작품 말미에서는 홍보가 무과에 급제해 덕수 장씨德水張氏의 시조가 되었다고까지 했다. 덕수 장씨는 황해도 덕수(지금의 개풍군)를 본관으로 하는 성씨로, 시조는 고려 말 위구르에서 귀화한 장순룡張舜龍으로 알려져 있다. 지금까지 발견된 『흥부전』에서 홍보와 놀보의 성은 미상이거나, 작품 내용과 관련되어 있다고 할 수 있는 '박씨' 또는 '연씨'가 대부분이었다. 경판본에서는 성에 대한 언급이 없다. 신재효본에서는 박씨이고, 『연의 각』과 박문서관본에서는 연씨다. 박씨는 홍보와 놀보가 박씨로 인해 흥하고 망한 점에서, 그리고 연씨는 '제비 연燕'에서 따온 것으로 보인다. 그런데 『흥보만보록』은 작품 내용과 별

---

7 김창진, 「『흥부전』 발상지의 문헌적 고증」, 『고소설 연구』 1, 1995, 95~149쪽.

상관이 없어 보이는 '장씨'를 성으로 설정했다는 점에서 오히려 애초의 모습을 보존하고 있는 것은 아닌가한다.

셋째, 흥보와 놀보가 모두 '궁민窮民'의 자식이자 '부민富民'의 데릴사위로 나온다. 흥보와 놀보는 형제이면서도 행동거지와 생활방식이 크게 달라, 흥보와 놀보의 신분에 대한 논란이 있었다. 처음에는 흥보와 놀보를 모두 양반의 후예로 보는 견해가 있었다.[8] 그런데 조동일은 흥보와 놀보가 형제이면서도 각각 몰락한 양반과 대두하는 천부賤富라는 점에서 계층이 다르다고 보고, 그로 인한 모순은 '부분의 독자성' 논리로 설명했다.[9] 이에 대해 임형택은 흥보와 놀보 둘 다 서민이며, "같은 서민층 내에서 긍정적 인간상과 부정적 인간상의 양면을 반영한 것"[10]이란 반론을 제기했다. 『흥보만보록』의 흥보와 놀보는 둘 다 상민常民

---

8 고정옥은 "흥보와 놀보가 같은 양반의 후예이면서도 형은 상태(常態)에서 벗어나게 현실적이고, 아우는 어리석다 할 만큼 무능하단 사실에서, 봉건 말기의 두 갈래 길을 여기서 볼 수 있단 것에 주의해야 할 것이다"라고 하여 흥보와 놀보를 양반으로 보았다. 고정옥, 『국어국문학요강』, 대학출판사, 1949, 198쪽.

9 조동일, 「『흥부전』의 양면성」, 인권환 편, 『흥부전 연구』, 집문당, 1991, 253~315쪽.

10 임형택, 「『흥부전』의 역사적 현실성」, 인권환 편, 『흥부전 연구』, 집문당, 1991, 334쪽.

신분으로, 여유 있는 집안의 데릴사위가 되기까지는 처지가 같았다. 그러나 홍보는 가난한 친부모를 봉양하기 위해 돌아온 반면, 놀보는 처가에 눌러앉으면서 둘 사이의 빈부 격차가 심해진 것으로 되어 있다. 경판본, 신재효본에서 놀보가 집안의 재산을 차지하기 위해 홍보를 내쫓는 것과 상당한 차이를 보이는 서두라 할 수 있다.[11]

넷째, 『홍보만보록』의 놀보는 다른 이본에 비해 부정적인 면이 적다. 놀보는 가난한 친부모 밑에서 고생하다가 넉넉한 집안의 데릴사위가 되자 처부모 봉양에 정성을 쏟는다. 그리고 부자가 된 동생 집에 찾아와 이전 행실을 부끄러워하기도 한다. 물론 『홍보만보록』의 놀보 역시 친부모 봉양을 소홀히 하고 가난에 시달리는 동생을 도와주지 않았다는 점에서 비난받을 소지가 있는 것은 사실이다. 그렇지만 경판

---

11 다만 경판본과 신재효본의 홍보와 놀보 형상 역시 차이를 보인다. 경판본에서는 홍보가 착하고 놀보가 나쁘다는 점이 선명하게 부각된다. 놀보는 부모의 재산을 독차지하고 착한 동생을 내쫓으며 조롱까지 하는 악인이다. 반면 신재효본의 홍보는 선하면서도 생활력이 부족한 인물로, 놀보는 착하지는 않으나 나름대로 긍정적인 인물로 그려진다. 이에 대해서는 정충권의 연구를 참고할 수 있다. 정충권, 「경판 『홍부전』과 신재효 〈박타령〉의 비교 고찰」, 『판소리연구』 12, 판소리학회, 2001, 173~203쪽.

본이나 신재효본에서처럼 재물 욕심 때문에 동생을 내쫓거나, 부자가 된 동생 집을 찾아와 행패를 부리는 후안무치의 악인으로 묘사돼 있지는 않다.

『흥보만보록』의 의의

이 책에서는 『흥부전』의 새로운 이본 『흥보만보록』을 발굴해 소개했다. 여러 이본 가운데 『흥보만보록』이 지니는 의의는 다음과 같이 정리할 수 있다.

『흥보만보록』의 필사 시기는 대략 1833년 무렵으로 추정된다. 즉 『흥보만보록』은 19세기 초반 또는 그 이전에 만들어진 『흥부전』의 모습을 담고 있다. 『흥보만보록』은 현존하는 『흥부전』 이본은 물론, 판소리계 소설 중에서도 가장 이른 시기의 모습을 담고 있는 이본이라는 점에서 중요하다. 현재 전해지는 『흥부전』의 주요 이본 계열로는 경판25장본(이하 경판본)과 『박타령』(이하 신재효본)을 꼽을 수 있다. 경판본의 간행 연도는 명확히 밝혀져 있지 않다. 다만 경판 한 책의 장수가 후대로 갈수록 줄어드는 추이로 미루어보건대, 경판25장본 『흥부전』은 1880년을 전후한 시기에 만들어졌을 가능성이 높다.[12] 신재효본 역시 창작 연대를 정확히 비정하기 어려우나, 대략 1870년에서 1873년 사이에 만들어진 것으로 추정된다.[13] 한편 『흥보만보록』 발견 이전까지, 가장 이른 시기 『흥부전』의 모습을 담고 있는 것으로 알려져 온 이본은 하버드대 옌칭도서관에 소장된 『흥보전』(이하 연경본)이다. 연경본은 하시모토 아키미橋本彰美가 1853년의 모본을 대상으로 1897년에 필사했다.[14] 하시모토 아키미는 모본 내용을 거의 그대로 필사하는 유형의 필사자였다. 그러므로 연경본은 1897년에 필사됐지만, 현전하는 『흥부전』 이본 중 가장 이

---

12 이창헌은 경판본이 30장 안팎의 책으로 간행되다가 장수가 계속 축약되어 나중에는 20장 안팎으로 줄어들었다는 사실을 밝혔다. 장수가 줄어드는 추세로 미루어본다면 경판25장본의 출판 연대는 대략 1880년 무렵이 될 것이다. 한편 김창진은 경판25장본의 출판 연대를 1860년대로, 유광수는 1880년대로 추정한 바 있다. 김창진, 『『흥부전』의 이본과 구성 연구』, 경희대학교 박사학위논문, 1991, 203쪽; 유광수, 『〈흥보전〉 연구』, 계명문화사, 1993, 96쪽; 이창헌, 「경판방각소설의 상업적 성격과 이본출현에 대한 연구」, 『관악어문연구』 12, 서울대학교 국어국문학과, 1987, 179~208쪽.

13 강한영, 『신재효판소리전집』, 연세대학교 출판부, 1969, 21쪽.

14 연경본 속표지에는 "癸丑六月二十一日 김횡긜칙을 본을 밧고 丁酉十一月初五日 필집유하노라 칙쥬 교본소쥬라" 등의 기록이 있다. 하시모토 아키미는 소슈(蘇洲)라는 호를 사용한 일본인으로, 생몰년은 미상이다. 하버드대학 옌칭도서관에는 그가 1894년부터 1901년까지 8년에 걸쳐 필사한 책 20여 권이 소장되어 있다. 이상택 편, 『해외수일본 한국고소설총서』 1, 태학사, 1998, 473쪽; 허경진, 「고소설 필사자 하시모토 쇼요시의 행적」, 『동방학지』 112, 연세대학교 국학연구원, 2001, 4~5쪽.

른 시기의 모습을 간직한 것으로 여겨져왔다. 이처럼
『흥보만보록』이 발견되기 전까지『흥부전』이본은 그
연대가 아무리 일러도 19세기 중엽이다. 그러므로
1833년 무렵 필사된 것으로 추정되는『흥보만보록』
은『흥부전』및 판소리 연구에 매우 중요한 가치를 지
닌다.

　다음으로『흥보만보록』은 작품 배경, 흥보와 놀보
의 신분 및 인물 형상, 분가 이유, 박과 관련된 대목,
흥보가 덕수 장씨의 시조가 되는 점 등 여러 가지로
기존 이본과는 다른 독특한 면모를 지닌다. 특히『흥
보만보록』은 기록으로 전승되어온『흥부전』을 대표
하는 이본이라는 의미가 있다. 신재효본은 판소리
〈흥보가〉의 창본 성격을 지니며, 경판본은 신재효본
에 비해 기록본에 가깝다. 그러나 경판본도 현존하는
판소리 〈흥보가〉와 유사한 부분이 적지 않다.[15] 그런
데『흥보만보록』은 창본의 성격을 거의 찾아볼 수 없

15　따라서 정출헌은 "경판본 『흥부전』이 비록 소설본으로서의 성격을 지
　　니고 있긴 하지만, 전래의 〈흥부가〉 사설을 비교적 충실하게 반영한
　　텍스트"라고 보았다. 경판본은 신재효가 개작하기 이전 판소리 〈흥보
　　가〉의 모습 역시 비교적 충실하게 반영했다는 것이다. 정출헌, 「판소리
　　향유층의 변동과 판소리 사설의 변화」,『판소리연구』11, 판소리학회,
　　2000, 104쪽.

는 이본이라는 점에서『흥부전』의 여러 이본 중 독특한 지위를 점한다.『흥보만보록』은『흥부전』이 판소리로 만들어지기 이전의 모습을 간직한 이본이거나, 판소리와 거의 교섭하지 않은 채 별개로 전승되어온 이본일 가능성이 있다.[16]

마지막으로『흥보만보록』은 판소리의 기원 및 향유층 문제와 관련해서도 주목할 만한 자료다.『흥보만보록』의 흥보와 놀보는 둘 다 '궁민'의 자식이자 '부민'의 데릴사위로서, 평민 신분임이 분명하게 드러나 있다. 나중에는 중인과 양반도 판소리의 전승과 향유에 참여하지만,『흥보만보록』을 통해 초기 판소리는 평민층에 기반을 두었다는 사실을 재차 확인할 수 있다.

판소리의 기원에 대해서는 여러 논의가 있었지만, 호남 지역 무가에서 발생했다는 견해가 통설이다.[17]

---

16 『춘향전』이나『심청전』처럼 전승되는 판소리 작품은 대개 창본과 완판본, 구활자본이 높은 친연성을 보인다. 이와 달리『흥부전』은 창 전승과 기록 전승의 이원적인 전승 양상을 보여준다는 점이 지적된 바 있다. 그리고 창 전승과 기록 전승의『흥부전』은 별 교섭 없이 후대로 이어졌다. 정충권,『흥부전 연구』, 도서출판 월인, 2003, 57~92쪽.

17 서대석은 설화, 서사무가, 명창, 음악어법, 창우 집단 등 판소리의 기원에 관한 여러 논의를 폭넓게 검토한 바 있어 참고할 만하다. 서대석,「판소리 기원론의 재검토」,『고전문학연구』16, 한국고전문학회, 1999, 35~58쪽.

그렇지만 모든 판소리 작품의 기원이 호남 지역으로 추정되는 것은 아니다. 예컨대 서종문은 『변강쇠가』가 원래 황해도에서 유래됐으며 남도창에 전입돼 신재효본 『변강쇠가』로 정착되었을 것이라 추정했다.[18] 아직 근거가 충분하지는 않지만, 『흥부전』도 『변강쇠가』처럼 애초에 서도 지역에서 유래되었을 가능성을 생각해볼 수 있다.[19] 지금까지는 『흥부전』의 발상지를 전라도 남원 인근으로 추정해왔다.[20] 그러나 『흥보만보록』의 배경은 평양 서촌이며, 주인공 흥보는 황해도를 본관으로 하는 덕수 장씨의 시조가 된다. 그러므로 『흥부전』도 처음에는 서도 지역에서 만

---

18 서종문은 황해도 출신의 무형문화재 기능보유자들이 『변강쇠가』를 서도창으로 증언하고 있다는 점, 또 실제 서도창으로 불리는 『변강쇠타령』 자료가 있다는 점, 『변강쇠가』에 황해도 지명으로 구성된 노정기가 존재한다는 점, 기타 삽입 사설의 특징 등을 근거로 『변강쇠가』는 원래 황해도 지방에서 유래되었으며 남도창에 전입되어 신재효본 『변강쇠가』로 정착되었을 것이라는 가설을 제기했다. 서종문, 「〈변강쇠가〉 연구(상): 유랑민의 비극적 삶의 형상화」, 『창작과 비평』 11권 1호, 창비, 1976, 275~284쪽.

19 오늘날 전승되는 판소리 다섯 마당 가운데 〈흥보가〉의 전승력이 약한 점은 이와 관련이 있을 수 있다. 〈흥보가〉가 실전되어가는 추세에 놓여 있었다는 점은 이보형과 정출헌의 연구에서 지적됐다. 이보형, 「판소리 공연문화의 변동이 판소리에 끼친 영향」, 『한국학연구』 7, 고려대학교 한국학연구소, 1995, 281~285쪽; 정출헌, 같은 글, 95~97쪽.

20 김창진, 「『흥부전』 발상지의 문헌적 고증: 『흥부전』의 발상지를 찾아서(1)」, 『고소설 연구』 1권 1호, 한국고소설학회, 1995, 95~149쪽.

들어졌지만 호남 지역이 판소리의 주도권을 갖게 되면서, 배경이 삼남 지역 어딘가로 바뀐 것일 수 있다. 이러한 추정의 타당성은 계속해서 검증해나가야겠지만, 『흥보만보록』이 앞으로 『흥부전』과 판소리의 기원 문제를 논의할 때 반드시 거론되어야 하는 중요한 자료라는 점은 분명하다.

마지막으로 『흥보만보록』은 『흥부전』의 주제에 대해서도 새로운 논의를 가능하게 하는 자료다. 지금까지 『흥부전』의 주제에 대한 선행연구들은 대개 사회적 관점에서 작품을 해석했다. 조동일의 「흥부전의 양면성」 논문이 대표적이다. 조동일은 『흥부전』의 주제를 표면적 주제와 이면적 주제로 나누었다. 그리고 표면적 주제는 '권선징악'이지만 이면적 주제는 다르다고 보았다. 그 근거는 놀부가 부자이지만 천민의 모습을 보여주고, 흥부는 가난하지만 양반 행세를 한다는 점이었다. 조동일은 이에 주목해 『흥부전』이 "부유한 천민의 부상으로 가난해진 양반과 기존 관념이 곤경에 처하게 된 현실"을 이면적 주제로 제기했다고 보았다. 임형택은 『흥부전』이 조선 후기 농민층의 빈부격차로 인한 사회현실을 반영했다고 해석했다. 놀부와 흥부는 같은 서민층인데, 놀부는 농업

경영과 고리대금으로 부유해진 농민을 나타내고 홍부는 품팔이꾼으로 전락한 빈농을 대표한다. 요컨대 『홍부전』은 조선 후기 농민층의 분열로 인한 사회적 갈등을 다룬 작품이라는 설명이다.

『홍보만보록』은 지금까지의 『홍부전』 독법으로 해석할 수 없는 이본이다. 『홍부전』에서 놀부는 부모의 재산을 독차지하고 홍부를 내쫓았지만, 『홍보만보록』에서는 둘 다 가난한 상민의 자식으로 유산은 전혀 없다. 『홍부전』의 놀부는 온갖 못된 짓을 일삼는 악인이지만, 『홍보만보록』의 놀부는 친부모 봉양이 아니라 처부모 봉양만 힘썼다는 점 외에 별다른 악행이 없다. 자연스레 『홍보만보록』의 주제는 가난했던 홍부가 부자가 되고, 무반으로 출세하는 신분 상승 스토리에 초점이 맞추어진다.

특히 홍부가 개다리출신으로 입신하여 덕수 장씨의 시조가 되었다는 결말이 눈길을 끈다. 이는 조선 후기 평민이나 노비 같은 하층민이 여러 세대에 거쳐 양반의 족보를 갖추어간 현실을 연상시키기 때문이다. 평양 서촌의 평민이었던 홍부가 재산을 모은 다음 무반이 되어 덕수 장씨의 시조가 되었다는 결말은 독자들의 소망을 잘 반영한 '해피 엔딩'이라 할 수 있다.

　요컨대 『흥보만보록』에는 신분 상승을 꿈꾸던 하층민들의 열망이 강하게 투영되어 있다. 그렇지만 흥부와 맞서는 놀부에게 심한 악인의 이미지를 덧씌우지는 않았으며, 흥부에게서 무기력한 양반의 모습을 찾아볼 수도 없다. 즉 『흥부전』의 초기 모습은 신분질서의 붕괴나 빈부격차의 심화가 아니라, 흥부 개인의 성공 스토리에 보다 가까웠다고 할 수 있다. 어려운 가정환경에서도 친부모를 모시려 노력하고, 다친 제비를 살려주는 등 따뜻한 마음을 지니고 착하게 살던 흥부가, 어느 날 대박을 터뜨려 부자도 되고 덕수 장씨라는 양반의 족보도 획득했다는 이야기인 것이다.

흥보만보록
최초의 흥부전
ⓒ 김동욱 2020

초판 인쇄 2020년 8월 21일
초판 발행 2020년 9월 1일

옮긴이 김동욱 ┃ 펴낸이 염현숙

기획·책임편집 구민정 ┃ 편집 이현미 ┃ 디자인 강혜림

마케팅 정민호 박보람 우상욱 안남영

홍보 김희숙 김상만 지문희 우상희 김현지

제작 강신은 김동욱 임현식 ┃ 제작처 한영문화사(인쇄) 신안제책(제본)

펴낸곳 (주)문학동네

출판등록 1993년 10월 22일 제406-2003-000045호

주소 10881 경기도 파주시 회동길 210

전자우편 editor@munhak.com

대표전화 031)955-8888 ┃ 팩스 031)955-8855

문의전화 031)955-8895(마케팅) 031)955-2671(편집)

문학동네카페 http://cafe.naver.com/mhdn ┃ 트위터 @munhakdongne

북클럽문학동네 http://bookclubmunhak.com

ISBN 978-89-546-7409-6 03810

www.munhak.com